나는 지식보다
지혜가 좋다

나는 지식보다
지혜가 좋다

박세환 지음

좋은땅

프롤로그

반복되는 일상 속에서 우리는 여러 가지 상황들과 마주치게 된다. 이때 그냥 무심코 지나가는 사람이 있는가 하면 머릿속을 번뜩이는 생각으로 뒤돌아보는 사람이 있을 것이다. 나는 가끔씩 후자가 된다.

여기서 번뜩이는 생각은 어떤 전문적인 지식보다는 대부분 생활 속 지혜일 것이다. 회사생활을 통해, 그리고 육아와 가정생활을 통해 경험에서 우러나온 지혜들을 글로 적어 보았다.

사회생활을 해 보신 분들은 많이 공감하실 것이다. 어느 순간에는 지식보다 지혜가 필요하다는 것을. 일상에서 필요한 지식들은 대부분 손에 들고 다니는 휴대폰에서 금방 찾을 수 있다. 하지만 인관관계의 어려움이나 주변 환경 변화에 대처하는 지혜는 인터넷에서 찾는다고 쉽게 찾아지는 것이 아니다. 그 사람의 살아온 경험을 통해, 그리고 다양한 사람들의 스토리를 통해 얻을 수 있을 것이다.

예를 들어 배우자를 찾는 남녀들을 보면 외모, 경제적 능력, 성격에 대해서는 많이 따지고 생각한다. 그런데 육아를 해 보니 새벽 3시에 아기가 울 때, 분유를 타 줄 수 있는 사람인지, 기저귀를 갈아 줄 수 있는 사람인지 고려해 보는 것도 굉장히 중요한 항목인 것 같다. 만약 누군가 나에게 배우자를 고려할 때 생각해 봐야 될 항목들을 물어본다면 꼭 말해 줄 것이다.

또는 회사 생활에서 프로젝트가 망해 A를 전공한 사람이 생판 알지도 못하는 B업무를 맡게 된 경우 과연 어떻게 대처해 나가야 되는가. 이건 단순히 지식으로만 풀 수 있는 문제는 아닐 것이다.

이 책을 통하여 여러분들과 평소에 느끼고 체험한 일상 속 생각들을 나눠 보고 싶다. 조금은 남들과 다른 독특한 생각들이 지혜일지 또는 엉뚱함일지는 여러분들이 판단해 주시길 바란다. 확실한 것은 반복적인 지루한 일상 속에 삶의 명쾌함이 잔뜩 숨어 있다는 것을 느낄 수 있을 것이다.

이 책은 브런치에서 연재 중인 「앙팡진시선」 매거진의 인기글들을 모아 일부 수정작업을 거쳐 출간한 것이다. 이런 글들을 쓸 수 있도록 플랫폼을 만들어 준 K사와 이 책을 출판하기 위해 힘써 주신 좋은땅 식구들에게 감사함을 전한다. 그리고 다양한 영감을 불러일으켜 준 사랑하는 가족들과 주변 지인들에게도 감사함을 전한다. 마지막으로 나의 모든 일상을 함께 하시고 지켜 주시는 하나님께 이 모든 영광을 올려드린다.

목차

지혜와의 숨바꼭질

지혜를 찾아서

일상 속의 지혜

지혜, 자연을 꿈꾸다

이 책을 누구보다 사랑하는 와이프 주희와

나의 가장 소중한 하나님의 선물인 하준, 하린이에게 바친다.

너도
지혜니?

야! 네가 내 속을 알아?

- 평가 금지

어렸을 때 엄마는 치약과 로션은 꾹꾹 눌러 가며 쓰신 후 반을 갈라 남은 것이 있는지 확인하셨다. 그런 것이 귀찮아 보였던 나는 결혼과 함께 작은 사치를 하고 싶어졌다. 그것은 바로 치약과 로션만큼은 잘 나올 때까지만 쓰고 새것을 사용하는 것이었다.

솔직히 돈이 많이 드는 사치도 아니었다. 그러던 어느 날, 와이프 J가 말했다. 로션 좀 끝까지 쓰라고. 아직 많이 남아 있다고.

나는 투덜거렸다. 아무리 펌핑을 해도 안 나오고 뚜껑을 열어 봐도 손에 살짝 묻히는 정도라고. 건선이 있는 나로서는 로션을 듬뿍 얼굴에 바르고 싶었다. 그래야 얼굴이 촉촉해지면서 부드러워지는 느낌을 받을 수 있었다.

와이프는 결국 로션 배를 가르며 내 앞에 디밀었다. 이것 보라고. 안에 많이 남아 있는 거 안 보이냐고. 와이프 말대로 속에 가득히 로션이 남아 있었다. 꼭 로션이 나 여기 있다고. 나 좀 써 달라고 항의하는 것 같았다.

● ● ●

우리는 사회생활을 하면서 나름대로 상대방을 평가한다. 이 사람은 이 정도, 저 사람은 저 정도까지겠지 생각하며 우리는 알게 모르게 점수를 매기고 관계에 선을 긋는다.

그런데 나도 나에 대해 잘 모르는데 우리가 어떻게 상대방을 평가할 수 있을까. 우리가 보지 못하는 저력을 가지고 있을 상대방을 함부로 평가해서는 안된다. 언젠가는 그 사람의 진면목을 보며 아쉬워할지도 모른다.

구형 이어폰을 고집하는 이유

- 가치 판단의 기준

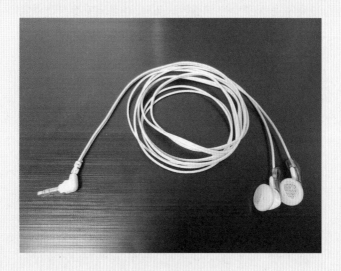

지하철을 타면 많은 사람들이 이어폰을 끼고 있다. 기술의 발전으로 유선에서 무선 이어폰으로 바뀌어 가는 추세이다.

이런 와중에 나는 구형 S사 이어폰을 좋아한다. 벌써 몇 년째 같은 모델만을 고집하고 있다. 음질도 괜찮지만 무엇보다 귓속이 편하다. 지금까지 다양한 이어폰을 껴 봤지만 이 모델처럼 착용감이 부드러운 것은 없었다.

사람들은 결혼할 때 궁합 얘기를 많이 한다. 특히 어른들은 농담 반 진담 반으로 속궁합 얘기도 언급한다. 여기서 나는 이 구형 이어폰과 궁합이 잘 맞는 것 같다. 귀에 꽂으면 귓속에 착~ 하고 부드럽게 달라붙는다.

이어폰을 고를 때는 여러 가지 조건들이 있다. 음질은 어떤지, 가격은 어떤지, 착용감은 어떤지 등등. 그중에 건선이 있는 나로서는 무엇보다 귓속 피부에 마찰을 주지 않아야 한다. 그래서 착용감이 부드러운 이 모델을 더욱더 선호하고 있다. 언뜻 봐서는 저가 보급형 이어폰이지만 나에게는 최고의 선물이다.

● ● ●

물건에도 저마다의 가치가 있다. 여러 가지 가치 중에 사람마다 선호하는 가치는 다르다. 같은 물건일지라도 선호하는 가치에 따라 호불호가 갈린다. A기능을 좋아하는 사람은 다른 조건은 다 좋은데 A만 성능이 나쁜 물건에는 낮은 점수를 줄 것이다. 반대로 다른 조건은 다 안 좋아도 A기능이 좋은 물건에는 높은 점수를 줄 것이다.

사람도 마찬가지다. 가정에서, 직장에서, 더 나아가 사회관계 속에서 나를 필요로 하는 곳에 있을 때 우리는 더 재밌고 신나게 생활할 수 있을 것이다. 거기다 인정까지 받는 것은 보너스다. 이러한 삶을 꿈꾸며 오늘도 우리는 살아간다.

꿰맨 자국, 티 나니?

- 거절에 대처하는 우리의 자세

회사에서 바지 주머니에 손을 넣다가 부욱~ 하는 소리가 들렸다. 너무 급하게 넣는 바람에 면남방 끝부분이 손가락에 걸려 찢어진 것이다. 주위 사람들이 찢어지는 소리에 쳐다봤다. 하지만 나는 아무 일도 없었다는 듯 그냥 무심히 지나갔다.

겉으로는 태연했지만 속으로는 하나뿐인 시원한 면남방이 찢어져서 속상했다. 여름철 옷이라 천이 얇다고는 하지만 그렇게 허무하게 찢어질 줄은 몰랐다. 다행히도 집에 가는 길에 옷 수선집에 들러서 어떻게 해야 될지 물어보니 예쁘게 꿰매 주었다. 입는 데는 전혀 지장이 없지만 꿰맨 자국을 보며 앞으로는 조심해야 되겠다고 생각했다.

● ● ● ●

우리는 살아가다 보면 누군가에게 부탁을 할 때가 있다. 친한 회사 동료에게, 오래된 친구에게, 또는 핏줄인 가족에게. 그러나 모두 다 부탁을 들어주는 것은 아니다. 경우에 따라 거절당하는 경우도 있다.

이럴 때면 의기소침해지며 마음이 울적해진다. 겉으로는 쿨하게 아닌 척하지만 생각할수록 속으로는 씁쓸한 기분이 쌓여 간다. 어쩔 때는 내가 왜 그런 부탁을 했을까 나에게 화가 나기도 한다. 나이가 들면 거절을 당할 때 태연할 것 같지만 겉으로만 표현을 안 할 뿐이지 울적한 마음은 그대로다.

저 옷의 꿰맨 자국처럼 마음속에 남아 있는 상처는 한동안 신경 쓰일 것이다. 그러나 시간이 지나면 아무 일도 없었던 듯 훌훌 털어 버리고 다시 활기차게 지내게 되기를 희망해 본다.

천 원이 만 원보다 나은 이유

- 돕고 사는 사회

지하철 S역 입구에는 가끔 돈 바구니와 함께 고개를 숙이고 앉아계시는 아저씨가 있다. 어느 날 지나가다 도와드리고 싶은 마음이 생겼는지 주머니 속으로 손을 쏙 집어넣었다. 다행히도 꼬깃꼬깃 접은 천 원짜리가 있음을 확인하고 아저씨에게 드리고 갔다. 왠지 모를 뿌듯함과 함께 기분이 좋아짐을 느꼈다.

　그런데 다음에 찾은 S역에서 그 아저씨를 또 보게 되었다. 이번에는 주머니 속에 천 원짜리가 아닌 만 원짜리가 있음을 알았다. 천 원은 드릴 수 있어도 만 원을 드리기에는 좀 큰 액수 같이 느껴졌다. 몇 번을 망설이다 결국은 그냥 지나치고 말았다.

　천 원을 가지고 있을 때는 남을 도울 수 있었지만 액수가 더 큰 만 원을 가지고 있을 때는 못 돕는다는 게 아이러니처럼 느껴졌다.

● ● ●

　주변을 보면 어려운 이웃들이 많이 있다. 물론 그 이웃들을 돕기 위해 부자들도 많이 기부하겠지만 우리가 생각하기에 생활이 어려워 보이는 사람들이 자신보다 더 어려운 사람들을 돕는 것을 볼 수 있다.

　누군가를 돕는다는 것이 꼭 돈이 많아야 할 수 있는 것은 아닌 것 같다. 돈의 많고 적음을 떠나 돕고자 하는 마음가짐이 필요할 것이다. 어려운 분들의 마음과 상황을 공감하고 느끼는 사람이 남을 도울 수 있는 긍휼함도 가질 수 있을 것이다.

　긍휼한 마음을 가지고 우리 주변의 어려운 이웃이 누구인지, 그리고 어떻게 도울 수 있는지 생각해 보는 하루가 됐으면 좋겠다.

요즘 금값이 얼만데!

- 최소한의 요구는 할 수 있는 자신감

최근에 금이빨 한 개를 교체했다. 금이빨 아래가 썩어서 걷어 내고 새 걸로 끼워 맞췄다. 그런데 최근 본 뉴스가 생각났다. 금값이 사상 최고라고.

　치과에 전화를 해 봤다. 전에 썼던 내 금이빨은 어딨는지. 다행히 버리지 않고 잘 보관하고 있다고 했다. 환자가 달라고 하면 전달해 주고 아니면 폐기한다고 했다.

　다행히 치과에 가서 받아왔다. 내 이름이 적힌 봉투에 고이 담겨 있는 내 금이빨. 솔직히 얼마 안 할 것 같지만 괜히 금이라고 하니 다시 보였다.

　지금까지 금이빨을 몇 번 교체해 봤지만 받아 본 적은 처음이었다. 전에 썼던 내 금이빨들은 다 어디로 갔을까. 그때도 달라고 했으면 줬을 텐데 아쉬운 생각이 든다.

● ● ●

　사회생활을 하다 보면 애매한 상황을 맞이할 때가 있다. 이걸 요구해야 돼, 말아야 돼, 한참을 생각하다가 좋은 게 좋은 거지 하고 넘어갈 때가 많다.

　'상대방이 불편해할까 봐'라는 핑계 속, 사실은 쑥스러움과 자신감 부족으로 입 밖에 못 꺼내고 지나가는 경우들. 진상이 되라는 것은 아니다. 다만, 남에게 피해 주지 않는 범위 내에서 최소한의 할 말은 하고 살아가야 되겠다.

숫자가 지배하는 세상

- 감성적 표현의 중요성

어느 날 첫째 아이 HJ가 책상 위에 있던 저금통을 흔들기 시작했다. 그러자 100원짜리 동전 3개가 떨어졌다. 왜 그랬냐고 물어봤더니 '이거 흔드니깐 소리가 나서. 안에 뭐가 있는지 궁금하잖아.'라고 한다.

그러고는 묻는다. '아빠, 이거 가지고 뭐 살 수 있어?' 순간 나도 궁금해졌다. 이거 가지고 과연 뭘 살 수 있을까. 동네 슈퍼에서 낱개로 파는 초콜릿이나 사탕을 살 수 있지 않을까.

그래서 첫째와 손을 잡고 마트에 가 보았다. 아니나 다를까. 츄파춥스 하나 살 수 있었다. 그것도 전에는 200원이었는데 지금은 올랐는지 250원이다. 아이는 이렇게 숫자에 눈을 뜨기 시작했다.

'아, 저 반짝이는 동전 3개면 사탕 하나 사 먹을 수 있구나.'

· · ·

우리는 살아가면서 숫자에 연연해하며 살고 있다. 다음날 아침에 주식은 어떻게 되었는지, 또 집값은 어떤지. 꼭 돈뿐만이 아니라 다른 것에도 숫자는 작용한다.

나 같은 경우는 요즘 글을 쓰는 재미에 푹 빠졌는데 오늘 브런치 조회수는 몇인지, 또 구독자는 몇 명인지를 자주 보는 것 같다. 회사에서도 업무 실적을 평가할 때 숫자를 사용한다. 두리뭉실하지 않고 누구나 인정할 수밖에 없는 정량화된 기준으로 평가한다는 명분으로 제품 개발 일정, 제품 가격, 특허 건수 등 숫자로 실적을 체크한다.

학생들이나 취업 준비생들도 숫자에서 벗어날 수 없다. 시험 점수, 등수, 입사경쟁률 등 어디서나 숫자가 사용되고 있다. 아마 첫째 아이도 가장 먼저 알게 된 숫자는 1이 아닐까 생각된다. 유치원에서 친구들과 외치고 다녔던 말이 떠오른다.

'내가 1등이야!'

세상이 꼭 숫자로 인해 돌아가고 있는 듯한 느낌을 갖게
도 한다. 숫자가 우리를 나타내고 있다는 착각이 들 정도다.
하지만 숫자가 다는 아니다.

푸르른 하늘, 맛있는 음식, 상쾌한 기분, 행복한 마음 등
정작 중요한 것들은 숫자가 아닌 우리의 감성적 표현으로
나타낼 수 있다. 이런 표현들을 통해 우리는 숫자가 주는 딱
딱한 일상에서 자유로움을 느낄 수 있을 것이다. 아이들에
게 숫자가 아닌 감성으로 표현할 수 있는 환경을 만들어주
고 싶다.

걱정 마, 내가 다 막아 줄게!

- 잔소리 극복하기

우리 집 욕조의 수챗구멍 거름망에는 볼 때마다 머리카락
이 수북이 쌓여 있다. 누구의 머리카락인지 구분은 안 가지
만 나 아니면 와이프 J의 것으로 추정된다. 재밌는 것은 서
로 속으로 '내 건 아닐 거야.'라고 생각하는 것 같다.

수북이 쌓여서 물이 잘 안 내려갈 때면 거름망을 빼서 걸
려 있는 머리카락을 변기에 버린다. 너무 쉽고 간단한 방법
으로 물이 잘 내려가는 것을 볼 때면 속이 다 시원하다. 만
약 거름망이 없다면 머리카락이 그대로 넘어가 수챗구멍을
막아서 샤워하기 힘들 것이다.

● ● ● ●

회사생활을 하다 보면 상사한테 온갖 잔소리를 들으며 혼
날 때가 있다. 업무를 잘못해서, 의견이 달라서, 예상 못한
이슈가 발생해서. 이유는 다양하다. 이때 우리는 누가 말한
대로 한쪽 귀로 듣고 한쪽 귀로 흘릴 수도 있지만 어떤 사람

은 주눅 들어서 가슴이 쪼그라들 수도 있다.

얼마 전 회사 선배가 한 말이 있다.
'요즘 세상에 때리기야 하겠어?'

그렇다. 요즘 같은 시대에 몸에 손을 대는 순간 난리 난
다. 당장 상사는 짐 싸는 것으로 안 끝나고 매스컴에서 유명
인사가 될지도 모른다.

그래서 평안한 마음을 유지하며 잔소리를 버텨 내는 힘을
길러야 된다. 수챗구멍의 거름망처럼 잔소리를 걸러 내는 것.
이것도 능력이다. 만약 그 잔소리를 마음속 깊이 받아들인다
면 스트레스가 쌓이고 쌓여서 병원에 가야 될지도 모른다.

부러진 안경, 내일 회사는?

- 어느 상황이든 해결책은 존재한다

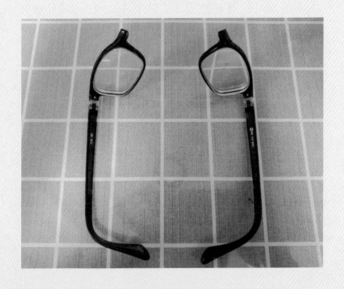

둘째 아이 HL과 장난치다가 안경이 툭~ 부러졌다. 정말 순간이었다. 어떻게 이렇게 두 동강 날 수 있을까. 순간 머릿속에 든 생각이, 내일 회사는?

나는 시력이 많이 안 좋아 안경을 안 쓰면 회사 업무를 보기 힘들다. 그냥 하루 휴가 낼까 하다가 생각해 보니 다음 날까지 해야 될 업무가 있었다. 그래서 다음날 일찍 퇴근 후 안경점에 가기로 결정하고 와이프 J와 함께 순간접착제로 정성껏 붙였다. 내일 하루만 어떻게 버틸 수 있기를 바라며.

그런데 웬걸, 엄청 튼튼하게 붙었다. 안경이 플라스틱 재질이라 순간접착제와 궁합이 잘 맞았나 보다. 그냥 이거 계속 쓰고 다닐까 망설일 정도로.

● ● ●

우리는 살아가면서 어려운 순간들을 맞이한다. 하지만 그 어려운 순간에도 거기에 맞는 해결책은 있기 마련이다. 그 해결책은 즉각적으로 영향을 주어 문제를 해결하든지, 또는 서서히 영향을 주어 다른 방안을 모색하게 하도록 길을 열어 줄 수 있다.

다만 당황스러운 것은 당장 해결책이 생각나지 않을 수도 있다. 이런 때일수록 혼자 해결하려고 하지 말고 주위 사람들의 조언이 필요하다. 여러 생각들이 합쳐지면 더 나은 방안을 찾을 수 있을 것이다.

나는 지식보다 지혜가 좋다

코알라야, 고마워!

- 희생정신의 가치

우리 집 방문에는 노란 코알라가 살고 있다. 문이 쾅쾅 닫히지 않도록 하는 아이들 손 다침 방지용 안전도구다. 아이들 키우는 집이면 누구나 있을 것이다.

아이들이 방문을 얼마나 세게 닫는지 코알라 뒷다리가 갈라지기 시작했다. 전에 방문에 살던 얼룩말은 결국 뒷다리가 쭉~ 갈라져 쓰레기통으로 직행했다. 아이들은 이 사실을 아는지 모르는지 방문이 안 닫힌다고 투덜거린다.

그리고 손을 뻗어 빼려는 시도 때문에 코알라는 점점 높은 곳으로 이사를 간다. 코알라의 희생으로 아이들은 오늘도 신나게 놀면서도 손발 안 다치고 무사히 잠자리로 들었다.

방문 근처 둘째 침대에 누워서 보면 뒷다리가 갈리지는 고통 속에서도 코알라는 항상 웃으며 우리를 바라본다. 꼭 '난 괜찮아, 너희가 안 다쳐서 정말 다행이야.' 하고 말하는 것 같다.

· · ·

회사에서도 코알라 같이 희생하는 부류가 있다. 남의 부탁 다 들어주고, 시키는 일 다 하고, 그러면서 상사에게 인정도 못 받는다. 그리고 정작 부탁한 사람들도, '저 사람은 누가 부탁해도 다 들어주는 사람이야.' 하고 생각하며 별로 고마워하지도 않는다.

신기한 것은 그래도 그 사람은 항상 웃으면서 회사 생활을 한다. 누가 알아주지 않아도, 그리고 윗사람들에게 인정받지 못해도, 묵묵히 웃으면서 일한다. 이것저것 잡다한 일까지.

회사생활에는 꼭 메인 업무만 있는 것이 아니다. 프로젝트가 진행되면 메인 업무와 함께 잡다한 업무가 많이 생긴다. 재밌는 것은 이 잡다한 업무가 안 되면 프로젝트는 진행될 수가 없다. 누군가가 별로 인정도 못 받는 이 잡다한 업무를 꼭 해 줘야지 프로젝트는 성공적으로 진행될 수 있다.

이때 이 잡다한 업무를 맡아서 해 주는 사람들을 보면 정말 감사하다. 자기가 맡은 업무도 있을 텐데 이 잡다한 일까지 해 주는 사람들이 있기에 프로젝트가 나아갈 수 있는 것이다. 이런 태도를 가진 분들은 지금 당장은 아닐지라도 훗날 높이 쓰임 받을 것이다. 어디에서든지.

한때는 불만으로, 지금은 다행으로

- 참고 기다리는 능력

우리집 식탁 의자는 매우 묵직하다. 신혼 때 장만한 것으로 원목이라 쓸데없이 무겁다. 손님들이 오시거나, 집 천장에 커튼을 달려고 이리저리 옮길 때마다 왜 그리도 무거운지 온몸에 힘이 팍팍 들어간다. 그래서 무거운 식탁의자가 가끔씩 불만이었다.

　그러나 지금은 무척 다행으로 여긴다. 세 살짜리 둘째가 식탁의자에 뒤로 앉아 기대어 있을 때면 의자가 뒤로 넘어갈까 봐 걱정은 안 한다. 워낙 무거운 의자라서 아이 몸무게로는 역부족이다. 만약 의자가 가벼웠다면 아이에게 기대지 말라고, 뒤로 넘어가 다칠지도 모른다고 엄청 소리 지르고 있었을 것이다. 물론 세 살짜리 아이는 귓등으로 말을 흘렸겠지만.

　식탁의자는 바뀐 것이 전혀 없지만 상황의 변화에 의해 그 가치는 변하였다. 아이가 없을 때는 불만족스러웠지만, 아이가 있는 지금은 매우 만족스럽다. 어떻게 보면 이 상황이 바뀔 때까지 식탁의자는 참고 기다린 것인지도 모른다.

  물론 아직도 의자 나르는 일은 발생한다. 친구 가족이 놀러 올 때도 있고, 벽에 사진을 붙일 때도 있고. 하지만 아이들 다치는 것에 비해 의자 나르는 수고는 아무것도 아니다.

● ● ● ●

  회사에서도 마찬가지다. 한 사람이 가지고 있는 능력은 다양하다. 다양한 분야의 능력이 어느 한 가지 업무에 의해 평가되어 그 사람 역시 평가된다. 그 평가에 의해 그 사람은 고민하고 이 길이 내 길이 맞는지 생각하게 된다. 그러다가 다른 뛰어난 능력이 사용될 상황이 오면 그 사람의 평가는 달라지게 될 것이다.

  우리도 참고 기다리며 나의 능력이 활짝 펼쳐질 그날이 오기를 준비하며 기다려 보자.

야! 어따 빨대 꽂는 거야!?

- 약한 곳이 뚫린다

와이프 J가 회사 갈 때 아침마다 마시고 가라며 두유 한 패키지를 사 왔다. 두유를 좋아하는 나는 아침밥 대용이라는 말을 뒤로하고 입이 심심할 때마다 수시로 하나씩 쪽쪽 빨아 먹었다.

　내가 먹는 것은 다 먹고 싶어 하는 둘째 아이 HL의 눈에 두유가 발각되었다. 둘째도 달라고 떼를 쓰길래 두유 한 개를 아이에게 건네줬다. 내가 빨대 꽂는 구멍을 찾아 줬더니 아이는 손쉽게 푹 꽂아서 마시기 시작했다.

　손으로 잡으면 꽤나 묵직하고 튼튼한 두유팩이지만 저 빨대 구멍만큼은 어린아이도 꽂을 수 있을 정도로 약했다. 저 구멍을 통해 맛있는 두유가 밖으로 흘러나왔다.

● ● ○

　사회생활을 하다 보면 '빨대 꽂는다'는 말을 듣게 된다. 누군가에게 들러붙어서 그 사람이 가진 것을 쪽쪽 뺏어 먹는다는 뜻을 가지고 있다. 꼭 모기가 피 빨아 먹듯이. 그것이 돈이든, 업무실적이든 뺏긴 사람은 억울할 것이다.

두유팩을 보면 알 수 있듯이 빨대 꽂히는 곳은 다른 곳에 비해 상대적으로, 또 절대적으로 약한 곳이다. 두유팩이야 원래 아이들을 포함해 남녀노소 다 꽂을 수 있도록 빨대 구멍이 설계되었겠지만, 현실에서 생각해 보면 약해 보이는 사람, 즉 만만한 사람에게 주로 빨대가 꽂힌다.

강한 사람 또는 윗사람에게는 빨대 꽂기는커녕 뺏길까 봐 두려워하면서, 약한 사람 또는 아랫사람에게는 뭐 뜯어먹을 거 없나 주시하고 있는 사람들이 종종 있다.

어떻게 보면 개인뿐만이 아니라 회사와 나라도 마찬가지 상황이 벌어질 수 있다. 경쟁 회사와 주변 나라의 강압 속에 휘둘리는 것은 아닌지. 우리 스스로 약한 곳을 단련하여 자신을 보호할 수 있는 힘을 길러야겠다.

속이 시커먼 녀석과의 동행

- 내실을 다져라!

여름을 맞이하여 차 안 에어컨 필터를 교체하였다. 거의 1년 만에 교체하는 에어컨 필터는 꺼내는 순간 헉~ 하였다. 분명 넣을 때는 하얬는데 튀어나온 애는 시커맸다. 도대체 차 안에서 무슨 일이 있었던 거니. 도저히 같은 애라고 생각할 수 없을 정도로 변해 있었다.

　산전수전 다 겪었을 듯한 모습의 에어컨 필터는 왜 이제야 나를 꺼냈냐며 꾸짖는 듯이 보였다. 그 순간 차 안에서 콜록대던 우리 아이들 모습이 떠올랐다. '지켜주지 못해 미안해'란 말은 이럴 때 하는 말인가.

● ● ● ●

　우리는 사회생활을 하다 보면 내실보다는 외적인 것에 신경을 더 많이 쓰며 살아간다. 남들 눈에 어떻게 비치는지 염려하고 고민하며 뭔가 더 있어 보이려고 노력한다. 그러나 정작 중요한 내실을 가꾸는 것에는 신경 쓸 생각조차 못한다.

내실이 빈약한 사람은 마치 눈에 보이지는 않지만 매우 중요한 기초공사가 부실한 아파트와 같을 것이다. 이런 아파트는 위기상황이 닥치면 무슨 일이 터질지 모르는 위험을 안고 있다.

　눈에 보이는 차 외관과 실내가 아무리 삐까뻔쩍하고 멋있어도, 정작 눈에 안 보이는 에이컨 필터가 저 지경이 되면 우리의 건강을 책임질 수 없을 것이다. 도대체 우리 가족은 그동안 얼마나 더러운 공기를 마시며 싸돌아 다녔던 것일까.

　에어컨 필터를 더 빨리 교체해 주지 못한 걸 아쉬워하며 아이들에게 미안한 마음이 드는 하루다.

반창고와 마스크의 공통점

- 뒷담화 줄이기

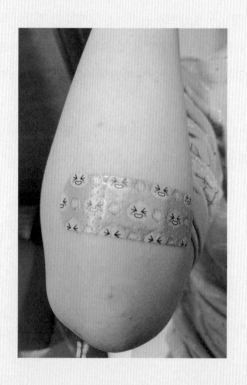

공원에서 신나게 뛰어놀던 첫째 HJ가 넘어져 팔에서 피가 났다. 내가 보기에는 살짝 까진 것 같은데 아들은 엉엉 울기 시작했다. 와이프 J는 가지고 있던 반창고를 팔에 붙여 주었다. 그러자 아들은 신기하게도 울음을 뚝 그치고 빙그레 웃었다.

코로나로 인해 마스크를 쓰고 다니는 요즘. 반창고와 마스크의 공통점이 눈에 들어왔다. 반창고는 피를 멈추게 해주고 마스크는 남에 대한 험담을 세 번 할 거 한 번으로 자제시켜 주었다. 둘 다 밖으로 나오면 안 되는 것들을 막아주는 역할을 하였다.

회사나 가정에서, 그리고 친구들 만날 때, 사람들은 모이면 다른 사람 얘기를 많이 한다. 특히 그 자리에 없는 사람에 대한 얘기가 주를 이룬다. 그 얘기들은 칭찬보다는 대부분 험담이 차지한다. 자세히 살펴보면 누구인지는 상관없고 누군가의 험담을 할 때 그 자리에는 활력이 솟구쳐 오른다.

그런데 마스크를 착용함으로써 험담이 줄어들었다. 꼭 해야 될 필요한 말이 아니므로 의사소통도 잘 안 되는 상태에서 굳이 할 이유가 없어진 것이다. 반창고가 피를 멈추게 하고 상처를 치료해 주듯이 마스크가 험담을 줄여 주고 기분이 상쾌한 대화를 나눌 수 있도록 변화시켜 주었으면 좋겠다.

코로나에서 작품까지

- 위기를 기회로

요즘 코로나 때문에 아이들이 집에 있는 시간이 늘었다. 대신 최근에 들어온 레고를 가지고 노는 시간도 늘었다. 와이프 J가 부품들을 찾아 주면 아이는 설계도를 보며 블록을 조립한다. 작은 클래식 레고를 만지작거리면서 사자도 만들고 잠수함도 만들기 시작했다.

조그만 손으로 레고를 꾹꾹 눌러 가며 조립하는 모습이 괜히 기특해 보인다. 그러다가 점점 레벨이 향상되어 자기만의 창의력으로 작품을 만들기 시작했다. 남들이 보면 '저게 뭐야.' 할지 모르지만 부모의 눈에는 '고슴도치도 제 새끼는 예쁘다'고 멋진 작품으로 보인다. 아이의 머릿속에 있는 창의성이 레고로 표출되는 것. 그것이 작품이 아니면 무엇인가.

● ● ● ●

코로나로 주말마다 아이들과 집에 있으려니 답답하고 이

게 언제 끝나려나 싶다. 하지만 레고를 가지고 노는 아이를 보며 이 기회에 손 근육이 발달되겠구나 싶다.

첫째 아이 HJ는 뛰어노는 것을 너무 좋아해서 앉아서 하는 그림 그리기나 종이 자르기를 싫어했다. 그 결과 손가락 힘이 다른 아이들보다 약한 것 같았다. 그림을 그릴 때 색연필을 쥐고 있으면 힘이 없어 삐뚤어진 원을 그리곤 하였다.

하지만 이번 기회에 작은 레고를 접하면서 손가락 힘이 많이 길러졌다. 어쩔 수 없이 집에만 있다 보니 집에서 할 수 있는 놀이를 찾게 되었고 그것이 바로 레고였다. 물론 헬로카봇 및 터닝메카드 등 다른 장난감도 가지고 놀지만 요즘은 레고를 많이 한다.

우리는 살다 보면 싫든 좋든 어려운 상황을 접하게 된다. 그 상황은 우리를 여러 가지 길로 인도한다. 어려운 상황에 억눌려 마냥 불만만 표출하다 아까운 시간만 흐르는 경우가 있다. 또는 그 당시는 힘들지만 훗날 돌아봤을 때 그 상황 덕분에 더 성장한 자신을 만나는 경우도 있다. 그 상황을 컨

트롤하는 것은 우리 자신일 것이다. 이 코로나 위기가 지나
간 후 나는 어떤 상태가 되어 있기를 바라는지 생각해 보는
밤이다.

슬리퍼야, 잘 잤니?

- 부모 태도의 중요성

어느덧 6살이 된 첫째 아이 HJ가 화장실 슬리퍼를 정리하였다. 그러면서 자랑한다. '엄마, 아빠, 내가 신발 정리했어요.' 그래서 잘했다고 칭찬해 주니 너무 뿌듯해하며 자리 들어갔다.

애들 재운 다음 화장실에 들어가니, 역시나 정리한 슬리퍼가 흐트러져 있었다. 좁은 화장실에서 슬리퍼 신으려면 당연한 거였다. 그랬더니 와이프 J가 말한다. 빨리 이전 상태로 정리해 놓으라고. 아마도 다음날 첫째 HJ가 슬리퍼가 그대로 잘 있는지 확인할 거라고 하였다. 만약 흐트러져 있으면 속상해할 것이라고.

● ● ● ●

부모가 되면서 많은 것이 알게 모르게 변했다. 신경 써야 할 것도 더더욱 많아졌다. 아이의 행동 하나하나에 한번 더 생각해야 된다는 것. 매우 중요한 일이다. 부모의 태도와 반응에 의해 아이의 성격과 가치관이 형성될 것이다. 그리고 둘째 HL은 오빠 HJ를 그대로 보고 따라 할 것이다.

누가 그랬다. 아이들 기 살리기는 어려워도 기죽이기는 너무 쉽다고. 집에서 부모가 아이의 행동에 몇 번 옥박지르고 그 마음을 받아주지 않으면 그 아이는 밖에서도 기를 못 펼 것이라고. 어느 부모가 밖에서 주눅 들어 있는 아이를 바라겠는가. 따뜻한 마음으로 아이들 행동에 반응하기 위해 노력해야겠다. 아니, 이것을 습관화해야 되겠다.

무지개가 예쁜 이유

- 화합의 아름다움

첫째 아이 HJ는 요즘 레고에 꽂혀 있다. 색깔별로 구분되어 거실에 펼쳐진 레고를 보고 있자니 곧 다가올 국회의원 선거가 떠오른다. 이건 꼭 무슨 정당 색깔 같다. 출근길마다 벽에 붙어 있는 후보자 분들의 각 정당 색깔. 당이 너무 많아 당마다 원하는 색을 다 가져갈 수 있을까 하는 생각도 든다.

중요한 것은 한 가지 색의 레고 블록만으로는 멋진 작품이 되기 힘들다는 것이다. 여러 가지 색의 블록이 조합되어야 멋진 작품이 나온다. 아니, 작품까지는 아니더라도 그냥 애들이 좋아서 가지고 놀 수 있는 장난감이 된다.

무지개가 예쁜 이유는 여러 가지 색이 나란히 섞여 있기 때문일 것이다. 각 정당들이 서로 화합하여 멋진 나라를 만들어주면 좋겠다.

지혜와의
숨바꼭질

밥 하나, 반찬 하나

- 정성을 느껴라

퇴근 후 저녁시간, 와이프 J가 식사를 차려 줬다. 넓은 식탁에 밥 한 공기와 김치찌개 한 사발이 다였다. 나는 "잘 먹겠습니다." 하면서 속으로 생각했다.

'달랑 두 공기로 식사 준비 끝낸 걸 보니 차리기 귀찮았나 보네.'

설거지 담당인 나는 적은 설거지 양에 만족하며 밥을 먹기 시작했다. 그 흔한 두부 한 모 없이 김치와 고기를 물에 담가 끓여 준 김치찌개. 볼 때는 그저 그랬는데 입에 넣는 순간 김치의 매콤함과 고기의 육즙이 입안 침샘을 자극했다. 그런데 여기에 한 가지 맛이 더 있었으니 그건 바로 달달함이었다.

어떻게 김치찌개에서 이렇게 달달한 맛이 나냐고 물어보니 나를 위해 설탕을 팍팍 넣었다고 한다. 애들 입맛을 가지고 있는 나는 달게 먹는 것을 좋아하는데 그것을 와이프가 생각해 준 것이다.

솔직히 와이프는 단맛을 그리 좋아하지는 않는다. 나 맛 있게 먹으라고 맞춰 준 와이프 J에게 고마운 마음이 들었다. 그것도 모르고 심플한 식사 풍경에 대해 제멋대로 생각한 것이 조금 마음에 찔리는 저녁이었다.

● ● ●

세상을 살다 보면 다른 사람의 정성을 오해하고 왜곡하는 경우가 종종 발생한다. 나 잘되라고, 좋게 되기를 바라는 마 음으로 해 주는 행동들에 대해 마음속으로 삐딱하게 생각하 며 상대방을 오해하기도 한다.

신입사원 때 술을 못 먹는 나는 회식 자리에서 사이다로 술을 대신하고 있었다. 그런데 옆에 있던 선배가 자꾸 잔에 사이다를 채워 주는 것이었다. 속으로 '술 안 마시니 탄산으 로 고생 좀 해 보라는 건가.' 하는 생각도 들었다.

나중에 그 선배와 친해져서 알고 보니 내가 그 자리가 어색할까 봐 계속 따라 줬다는 것이다. 그리고 후배에게 뭔가 더 챙겨 주고 싶은 마음이 있었다고 한다. 그 선배 나름대로의 나에 대한 배려였던 것이다. 그것도 모르고 괜히 속으로 삐딱하게 생각했던 내 모습이 참 한심하게 느껴졌다.

상대방의 정성과 배려를 감사히 여기고 받아들일 수 있는 사람이 되어야겠다.

아빠, 그런데 말이야!

- 소통의 시간

우리 집에서는 애들 자기 전에 꼭 책을 읽어 준다. 아이들이 거실에서 장난감을 가지고 놀며 안 자려고 하면 나는 외친다.

'책 읽을 사람!'

그러면 아이들이 자기가 보고 싶은 책을 빨리 골라서 방으로 달려간다, 서로 먼저 읽어 달라고.

책을 다 읽으면 자연스럽게 자리에 누워 자는 것이 습관화 되어있다. 그래서 나도 애들을 빨리 재운 다음 내 시간을 가지고 싶어서 책을 서둘러 읽어 준다. 그런데 언제부터인가 책 읽는 데 태클이 들어오기 시작했다.

한 장 한 장 넘기며 책을 읽고 있는데 갑자기 첫째 HJ가 외친다. '아빠, 그런데 말이야'로 시작하며 질문을 쏟아낸다. 한두 번이야 웃으며 대답해 주지만 어느새 책장이 넘어

가지 않는다.

낮시간에야 친절하게 다 대답해 주며 놀아 줄 수 있지만 지금은 빨리 책을 읽고 자야 할 시간이다. 책장 한 장 넘길 때마다 나오는 질문 때문에 이 속도로 저 책들을 언제 다 읽고 재우나 하는 생각이 들었다. 그래서 몇 번 대답해 주다가 더 이상 질문을 하지 못하게 빨리빨리 책장을 넘기기 시작했다.

그때 나는 발견했다. 책을 읽는 건지 책장을 넘기는 건지 후다닥 빨리 끝내고 애들을 재우려는 내 모습을. 자고 있는 아이들을 보며 좀 더 들어주고 신경 써 줄 걸 하는 마음이 가슴 저 밑에서 올라왔다.

사회생활을 하다 보면 많은 사람들이 얘기한다. 말하는 능력만큼이나 중요한 것이 들어주는 능력이라고. 얼마나 상대방에게 집중을 하며 들어줄 수 있는지에 따라 그 사람의 마음을 움직일 수 있다고. 내 말에 귀 기울여 주고 공감해 주는 사람에게 마음이 끌리는 것은 당연한 얘기일 것이다.

나도 우리 아이들과 책을 읽으면서 들어주는 능력을 키워야 되겠다. 빨리 재우고 내 시간을 가지고 싶은 마음에 입만 열고 귀를 닫고 있는 나를 보면서 아이들과의 소통이 안 되고 있었구나를 느꼈다. 앞으로 책 읽는 시간은 나 혼자 떠드는 시간이 아니라 아이들과 소통하는 시간이 되었으면 좋겠다.

칼이 내 손을 찌를 때

- 나에게 맞는 수준

식사 후 부지런히 사과를 깎던 오후, 칼이 내 손을 찔렀다. 아이들에게 주기 위해 급하게 자르다가 순간 손이 빗나간 것이다.

쿡~ 쑤시는 통증과 함께 얼른 손을 감싸 잡았다. 그리고 꽉 누른 후, 조심스럽게 손가락을 하나씩 펼쳐 보았다. 꼭 화투 칠 때 무슨 패가 들어왔는지 긴장감 속에 살펴보듯이.

다행히 피는 나지 않았다. 빨갛게 찔린 자국만이 남아 있을 뿐. 만약 칼끝이 날카로웠으면 피가 났겠지만 우리집 과일칼은 오래돼서 무뎌져 있었다. 과일 깎을 정도로만 날이 적당히 서 있는 칼이라 너무 감사했다. 와이프에게는 피도 안 나오면서 엄살이라고 한마디 들었지만.

● ● ●

고등학교 3학년 때 수능 점수를 가지고 어느 학교를 지원할지 선택의 갈림길에 섰다. 그 당시에는 가고 싶은 학교나 전공보다는 수능점수에 맞춰서 가던 시절이었다. 내 점수는 중간 정도로 학교 인지도를 선택할지, 아니면 전공을 선택할지 고민이 되었다. 아빠와 함께 의논하던 중, 결국은 훗날 먹고살기 위해 전공을 택해서 지원하게 되었다.

생각해 보니 만약 내 점수가 조금 더 높았으면 지금과 같이 평범하지만 취업하기 수월한 적성에 맞는 직업을 갖기 어려웠을 것이다. 수능점수가 아까워서 전공보다는 조금이라도 남들이 보기에 인지도가 높은 학교를 지원했을 것이기 때문이다. 나 같이 공부 머리 없는 사람한테 수학과나 생물학과 같이 어려운 전공은 진짜 적응하기 어려웠을 것이다.

때로는 더 나은 점수, 스펙보다는 나에게 맞는 적당한 수준이 좋은 것일지도 모른다.

나는 지식보다 지혜가 좋다

카레 몇 숟가락이 그렇게 아깝냐?

- 부모의 마음

와이프 J가 부엌에서 저녁식사를 준비하기 시작했다. 그리고 조금 이따 눈에 쓰라림과 함께 뻑뻑함이 밀려왔다. 부엌에 가 보니 와이프가 눈물을 참으며 양파를 썰고 있었다. 그것도 아주 작은 조각으로 잘게 잘게.

오늘 저녁은 온 가족이 좋아하는 카레였다. 아이들이 먹기 편하게 양파를 포함하여 당근, 감자, 호박을 잘게 썰어 넣었다. 거기에다가 비장의 무기로 최애품인 스팸도 들어갔다.

카레를 먹으면서 와이프는 연신 "내가 만들었지만 너무 맛있어."라는 말을 남발했다. 내 입에서 '진짜 맛있다.'는 말을 3번 정도 듣고 싶었나 보다. 솔직히 아이들을 포함하여 모두 맛있게 먹었다. 아이들이 밥을 안 남기고 다 먹을 정도면 진짜 맛있는 거다. 다양한 채소와 스팸의 오묘한 조화에 살짝 매콤할 것 같다가 달콤한 끝맛이 아이들 입맛을 사로잡았다.

차려 준 밥을 다 먹고 일어서는데 냄비에 남아 있는 카레가 눈에 띄었다. 빈 밥그릇을 가져다가 카레만 떠서 먹어 봤는데 더 진하고 깊은 맛을 느낄 수 있었다. 살찔까 봐 탄수화물인 밥은 빼고 카레만 더 먹고 싶은 마음에 다시 국자로 손을 뻗었다. 그 순간 와이프가 크게 외쳤다. 앙칼진 목소리와 함께.

'그만 좀 먹어. 내일 애들 줘야 해!'

그러더니 내가 손 못 대게 냄비에 있는 카레를 플라스틱 반찬통에 옮겨 담았다.

그때의 기분이란 뭘까. 삐딱하게 얘기하자면 도둑질하다 걸린 느낌. 카레 몇 숟가락 먹었다가 애들 밥 뺏어 먹은 아빠가 된 것 같았다. 서운함과 함께 '나도 카레 좋아하는데!' 하고 외치고 싶었다. 그래도 아이들 먹어야 된다는 말에 수긍할 수밖에 없는 분위기였다. 나는 고무장갑을 끼고 묵묵히 설거지를 시작하였다.

• • •

육아를 하게 되면서 나보다는 아이들 위주로 더 생각하게 되었다. 아마 나뿐만이 아닐 것이다. 대부분의 부모들이 공감할 것으로 생각된다. 매월 받는 월급 안에서 아이들에게 들어가는 돈은 그러려니 하며 별로 아깝지 않은데 나에게 들어가는 돈은 몇 번이고 다시 생각하게 된다. 이게 꼭 필요한 것인지 아닌지. 그리고 더 싼 것은 없는지.

회사에서 동료들과 차 마시면서 이런 얘기를 하면 너도 나도 본인들의 경험담을 털어놓는다. 한 친구는 옷에 대해 얘기를 했다. 아이들 있기 전에는 명품은 아니지만 좋은 메이커 입었는데 지금은 그냥 싸고 예쁜 거 찾는다고.

또 다른 친구는 학원비에 대해 얘기했다. 아이들 학원 다니는 것은 안 아까운데 나를 위해 투자하는 것은 왜 그리도 망설이게 되는지. 그냥 유튜브에서 공짜 강의를 찾게 된다고 하였다. 나 역시도 취미를 찾을 때 저절로 돈이 안 들어가는 것에 마음이 쏠린다.

이게 한정된 경제사정을 가지고 있는 일반적인 부모의 마음이지 않을까 생각된다. 나 자신보다는 아이들이 더 잘 먹고 잘 입기를 바라는 마음. '자식 먹는 것만 봐도 배부르다'라는 옛말이 있다. 지금까지 입에 오르내리는 것을 보면 틀린 거 하나 없다는 생각이 든다. 아마 우리 부모님도 그런 마음으로 나를 키우셨을 것이다.

앞으로는 와이프에게 얘기해야겠다. 우리도 최소한 카레 먹을 형편은 되니깐 이왕이면 왕창 끓이라고. 그리고 나도 카레 좋아한다고.

상전에서 죄인으로

- 상황에 따른 시선의 변화

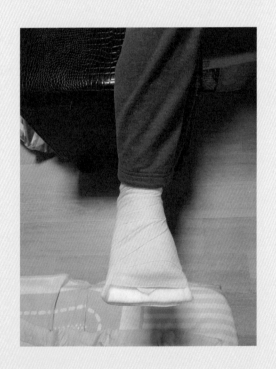

와이프 J가 계단에서 발을 삐끗하여 골절이 되었다. 와이 프와 함께 아이 둘을 차에 태우고 병원으로 가서 반깁스를 하고 왔다. 그때부터 온갖 집안일은 나에게 돌아오기 시작 했다.

아이들 밥 먹이고, 씻기고, 설거지하고, 평소에도 했던 것 들이지만 왠지 가중치가 더 커진 느낌이다. 아이들은 엄마 아프다는데 알아들었는지 못 알아들었는지 더 보채고 칭얼 댄다. 괜히 미안해하는 와이프. '조금만 더 조심할 걸.' 하며 중얼거린다.

만약 아이들이 태어나기 전에 다쳤다면 와이프는 상전이 되었을 것이다. 아프다고 온갖 엄살은 다 피우면서 푹 쉬었 을 텐데. 나 역시 와이프에게 집중하며 알콩달콩 좋은 시간 을 보내지 않았을까.

회사생활을 하다 보면 매년 느껴지는 것이 있다. 일하는 상황이 자주 변한다는 것이다. 그리고 그 상황에 따라 같은 행동에 대해 바라보는 시선도 달라짐을 느낀다.

회사 분위기가 좋을 때는 가볍게 넘어갈 수 있는 실수도, 경영악화 및 실적 부진으로 회사 분위기가 안 좋을 때는 큰 대가를 치를 수도 있다. 평소에는 크게 신경 쓰지 않던 출근 시간도 상황이 안 좋을 때는 지각 횟수에 따라 비수로 다가올 수 있듯이.

나는 지식보다 지혜가 좋다

너튜브, 공기와 같은 것

- 중독과 분별

주일 오후, 친한 누나 B가 아이 둘을 데리고 놀러 왔다. 예전부터 와이프 J가 초대하고 싶었는데 상황이 안 맞아 못 보았던 터라 많이 반가워했다. 우리 집 아이들까지 총 4명이 어울려 신나게 놀다 싸우다를 반복하다가 드디어 한계에 다다랐다. 여기서 쓰이는 것이 TV 찬스이다.

그런데 얼마쯤 보고 나니 아이들이 하나둘씩 자리를 이탈하여 거실을 뛰어다니기 시작했다. 그래서 TV를 끌까 말까 망설이는데 누나가 한마디 했다.

'TV는 공기와 같은 거야, 그냥 틀어 놓으면 아이들이 지나가다 보면서 싸우지도 않아.'

아이 셋을 키우는 워킹맘의 노하우를 여기서 알게 되었다.

• • •

요즘 지하철을 타면 모두들 핸드폰을 뚫어져라 보고 있다. 대부분은 게임 아니면 너튜브이다. 나 역시 너튜브를 통해 많은 재미와 정보를 얻고 있다.

그런데 한편으로는 습관적으로 보고 있는 것 같은 기분도 든다. 꼭 필요해서가 아니라 한 편을 보고 나면 꼭 다음 편을 봐야 될 것 같은 중독된 느낌.

그리고 너튜브에서는 알고리즘을 통해 내가 관심 있어 할 영상을 끊임없이 제공해 준다. 마치 영화에 나오는 음침한 정신병원 같은 곳에서 환자에게 억지로 밥을 떠먹이는 듯한 장면이 연상된다.

뭐든지 중독된다는 것은 별로 안 좋은 것 같다. 내가 제어하기 힘든 상황이면 특히나 그렇다. 너튜브는 꼭 공기와 같이 핸드폰을 가지고 있는 우리를 항상 따라다닌다. 이제는 내게 필요한 것을 분별해서 볼 수 있도록 신경 써야 되겠다.

현관문이 안 열리는 이유

- 부부간 막말 금지

어느 때처럼 집에 들어가려고 현관문 비밀번호를 누르는데 문이 안 열린다. 내가 잘못 눌렀나 싶어 다시 한번 신중을 다해 눌렀으나 역시 열리지 않는다. 앗, 와이프 J가 비밀번호를 바꿨나. 그럴 리가 없는데. 귀찮아서라도 와이프는 그럴 사람이 아니다.

　그런데 현관문 도어록의 조그마한 LED에 빨간불이 들어와 있는 것을 발견했다. 그래서 초인종을 누르고 들어간 다음 배터리를 교체하니 정상 동작하였다. 배터리가 다 닳아서 그랬구나 하고 생각하며 안도의 한숨을 내쉬었으나 그다음 날, 현관문은 열리지 않았다.

　도어록에 문제가 있음을 감지하고 단골 인테리어 사장님에게 연락하여 바로 교체하였다. 사장님께 고장 난 이유를 물어보니 아마도 현관문을 쾅쾅 세게 닫을 때 도어록 내부 기판에 충격이 가해져 이상이 생겼을 것 같다고 말씀하신다. 비싼 돈 주고 바꾼 새 도어록을 보며 '이제는 현관문 살

살 닫아야지.' 하고 생각하게 되었다.

● ● ●

　가끔씩 우리는 부부간에 서로 너무 익숙해져서 함부로 얘기할 때가 있다. 그리고 오래된 부부일수록 배우자의 화를 푸는 방법 또한 잘 알기에 그 방법을 매번 시도하며 고비를 넘긴다. 그런데 화가 계속 쌓이다 보면 더 이상 그 방법이 안 먹힐 때가 있다. 꼭 고장난 도어록에 비밀번호를 아무리 눌러도 현관문이 안 열리듯이.

　이때 우리는 당황하게 된다. 도어록이야 고장 났으면 당장 바꿔서 손쉽게 현관문을 열면 되지만 사람의 마음은 한번 닫히면 다시 열리기가 쉽지 않기 때문이다. 현관문을 살살 닫듯이 배우자의 마음도 살살 달래 가며 제대로 용서를 구해야만 되겠다.

나는 종이접기가 싫어요!

- 싫은 것도 해야 될 때

나른한 주말 오후, 첫째 아이 HJ가 색종이를 가지고 왔다. 그러더니 나한테 배를 만들어 달라고 하는 것이다. 귀차니즘에 젖어 있던 나는 어렸을 때 접었던 방식대로 대충 접어서 주었다. 그랬더니 이게 아니라고, 종이접기 책에는 이렇게 나와 있다고 보여주는 것이다.

원래 종이접기를 좋아하지 않던 나는 왠지 이날은 더더욱 멀리 하고 싶어졌다. 종이접기 책은 무슨 새로운 학문을 적어놓은 책 같았다. 누가 이리도 많은 것을 연구하고 개발하였는지 대단해 보이기까지 했다.

종이접기 책에 따라 색종이를 이리저리 비틀며 하나씩 접어 나갔다. 처음에는 어려웠지만 곧 적응이 되었는지 조금 시간이 지나 배 하나를 뚝딱 만들었다. 내가 마치 조선소 사장이 된 느낌으로 배를 완공하여 첫째에게 내밀 때는 감회가 새로웠다.

그런데 첫째는 얘기한다.

'아빠, 하나 또 만들어 줘.'

진짜 당당하다. 나한테 뭐 맡겨 놓은 사람처럼 요구한다. 왠지 뻔뻔해 보이기까지 한다. 그래도 어쩌겠는가. 알았다며 만들어 줬다.

그렇게 해서 총 6개의 배를 접었다. 알고 보니 가지고 있는 색종이 색깔만큼 배를 가지고 싶었던 것이다. 만약 더 많은 색깔의 색종이가 있었다면 이순신 장군이 나오는 명량대첩 영화 한 편 찍을 뻔했다.

'아직 소인에게는 12장의 색종이가 있사옵니다.'

● ● ●

회사생활을 하다 보면 종종 하기 싫은 일을 해야 할 때가 있다. 내 일인지 남의 일인지 구분은 안 가면서, 누군가는 해야 되는 일인데, 왠지 귀찮아서 하고 싶지 않을 때가 있다. 이때 회사 선배가 한 얘기가 떠올랐다.

'무슨 일이 생겼을 때 해야 될지 말아야 될지 고민된다면 그건 내 일이다.'

그렇다. 회사에서 모두 하고 싶은 일들만 하고 사는 사람은 없다. 하기 싫은 일도 발생할 것이며, 그때는 이왕 하는 것 열심히 하는 것이 더 효율적일 것이다. 마음가짐의 문제로 내가 해야만 되는 일이라고 생각하면 망설이지 않고 마음 편하게 할 수 있을 것이다.

그러나 아직도 나는 첫째 아이가 색종이를 들고 어슬렁거리면 눈을 피하며 생각한다. 제발 엄마한테 가기를.

똥오줌을 가린다는 것

- 말을 제어하는 훈련

요즘 둘째 아이 HL은 배변훈련 중이다. 기저귀를 떼기 위해 집에서는 팬티를 입혀 놓고 화장실에 가고 싶으면 얘기하라고 했다. 그러나 3살짜리에게는 아직 쉬운 일이 아니었다.

거실 곳곳에 오줌 바다가 되던 날도 있었고, 팬티를 10장 정도 갈아 입히던 날도 있었다. 오줌은 양반이다. 팬티 입고 똥을 눈 채로 내게 SOS를 청한다. 자기도 팬티에다 똥 싼 것은 찝찝한가 보다.

1시간에 한 번씩 계속 물어봤다. 쉬 안 마렵냐고. 그랬더니 안 마렵다며 도망 다닌다. 그래서 변기에 억지로 앉혔더니 조금 이따가 시원한 물소리가 들린다. 알고 봤더니 참고 있었던 모양이다.

참을 걸 참아야지. 둘째가 얼른 기저귀를 떼고 아빠에게 '화장실 가고 싶어요!'를 외쳤으면 좋겠다. 커튼 뒤에서 팬티에다 조용히 싸지 말고.

사회생활을 하다 보면 다양한 경로를 통해 수많은 얘기들을 원하든 원치 않든 듣게 된다. 누군가의 가정형편 문제, 인간관계 문제, 남 뒷담화 등등. 말하는 사람도 누군가에게 말하고 싶어 안달일 경우가 있다.

그런데 이때 중요한 것은 본인도 모르게 남의 얘기를 대화 중에 흘려보낸다는 것이다. 말할 의도는 없었지만 말하다 보니 뱉어 버린 누군가의 안 좋은 얘기들. 말하고 나서 아차 했지만 이미 늦어 버린 경우들이 있다. 그러면서 한마디 꼭 붙인다. 어디 가서 얘기하면 안 된다고.

하지만 그 친구 역시 자연스럽게 말이 새어 나올지 어찌 아는가. 말을 제어하는 것도 배변훈련과 마찬가지인 것 같다. 다들 아기 때 경험했을 본인도 모르게 싸 버리는 똥오줌들. 이제 배변훈련은 마스터했으니 말을 제어하는 훈련도 해 봐야 되겠다.

아이에게 처음으로
있는 힘껏 소리 지른 날

- 말과 행동의 불일치

코로나로 인해 아이들과 하루 종일 집에 있던 주말 오후, 나는 첫째 아이 HJ에게 버럭 소리를 질렀다.

'야~~~~~~~~~~~~~~~'

첫째는 너무 놀라 멍하니 있다가 울먹울먹 하더니 갑자기 큰소리로 울면서 방으로 달려갔다. 태어나서 처음이었을 것이다. 나 역시 첫째에게 그렇게 있는 힘껏 소리 지른 것은 처음이었다.

첫째의 계속되는 장난으로 울고 있는 둘째 HL을 보고 있자니 순간 인내심을 잃고 소리를 지른 것이다. 하루 종일 하지 말라고 하는데 반복되는 첫째의 장난에 화가 났던 나.

소리를 질러놓고 '아차' 했다. 생각해 보면 첫째에게만 화가 난 것이 아니라 며칠간 답답했던 것들이 쌓이고 쌓이다 첫째에게 터진 것이다. 너무 미안한 마음에 방으로 들어가

꼭 안아 주었다.

평소에는 내 생명보다도 귀하다고 늘 말하는 첫째에게 이런 화도 못 참는 내 모습을 보며 '말과 행동이 따로 노는 것이 이런 것이구나.' 하고 생각하게 되었다.

● ● ● ●

요즘 사회를 보면 많이 들리는 말이 있다. 말과 행동이 달라도 너무 다르다는 것이다. 어느 한 분야에 해당되는 말이 아닌 대부분의 분야에 이런 현상이 나타난다.

회사에서도, 나라에서도, 가정에서도 말과 행동의 불일치로 사람들은 서로 다투고, 미워하고, 상황은 점점 더 심각해진다. 한 명 한 명이 자신의 말에 책임질 수 있을 때 사회는 한걸음 더 밝은 세상으로 나아갈 수 있을 것이다.

이걸 어떻게 마셔!

- 처음을 극복하라

투명한 유리잔 안, 차가운 얼음 위에 뿌려진 유자 엑기스. 유리잔을 들고 손목을 몇 번 휘저으면 달그락 달그락 소리를 내며 얼음과 엑기스가 섞인다. 이 상태에서 혀끝으로 살짝 느껴 보는 유자 엑기스. 시원하면서 진한 유자향이 입안을 가득 메운다.

　솔직히 강한 향에 혀끝이 살짝 얼얼하다. 그러나 얼음이 녹으면서 진한 유자 엑기스는 점점 부드러워진다. 그리고 입안으로 들어오는 엑기스는 온몸을 상큼하게 해 준다. 처음에 맛 본 강한 맛 덕분에 두 번째부터는 유자 본연의 상큼한 풍미를 몇 배로 느낄 수 있다.

● ● ● ●

　살아가다 보면 처음 경험해 보는 일들을 마주하게 된다. 코로나로 인해 최근에 경험해 본 재택근무, 처음 해 보는 집에서의 온라인 미팅과 옆에서 놀아 달라는 아이들의 성화.

과연 가능할까, 회사가 더 편한 거 아닐까 하는 생각들이 들었다.

그러나 막상 첫날 해 보니 그다음부터는 수월했다. 생각보다 업무에 큰 지장은 없었고 출퇴근 시간 소요가 없다는 것이 큰 장점으로 다가왔다. 물론 업무에 필요한 회사 서버 전용 프로그램 사용 제약 등 어려운 점도 있었지만 말이다.

무슨 일이든지 하기 전이 두려운 것 같다. 시작도 하기 전에 머릿속을 파고드는 걱정과 부정적 생각들로 커져가는 두려움. 하지만 처음의 두려움을 이겨내고 극복하면 그다음부터는 즐기면서 상황을 맞이하게 될 것이다.

나만 안 걸리면 돼!?

- 회피하지 말자

평소와 같이 저녁 먹고 느긋한 마음으로 하는 설거지 타임. 그런데 싱크대 거름망에 음식물이 가득 찼는지 수챗구멍으로 물 빠지는 속도가 현저히 떨어졌다. 그리고 조금씩 싱크대에 물이 고여 차오르기 시작했다.

나는 콸콸 물을 쏟아내고 있는 수도꼭지를 닫고 불안한 마음으로 상황을 관찰했다. 가만히 보니 아직 물이 조금씩은 내려가고 있었다. 다행히 음식물이 꽉 차서 막힌 상태는 아니었다. 거름망 안의 더러운 음식물 치우는 것을 싫어하는 나는 약하게 물을 틀어 놓고 설거지를 다시 시작했다. 싱크대의 물 빠짐을 조율하면서. 아마 이번 타임만 잘 지나가면 다음날 와이프 J가 치울 것이다.

● ● ● ●

세상을 살다 보면 나만 안 걸리면 된다는 마인드가 팽배해 있다. 꼭 보드게임 중 젠가를 하는 것 같다. 참가자들이 돌아가면서 하나씩 하나씩 조심히 빼다가 마지막에 와르르 무너트리는 사람이 지는 게임.

회사에서도, 가정에서도, 사회생활에서도 누군가는 해야 될 힘들고 귀찮은 일이 생기면 다들 고개를 숙인다. 그리고 누군가는 하겠지 생각하며, 나만 아니면 된다는 생각이 들 때가 많다. 나 역시 살아온 인생이 늘어날수록 찔리는 횟수도 많아졌다.

서로 돕고 사는 사회를 외치면서 정작 집에서는 수챗구멍의 음식물 처리도 회피하는 나를 보며 와이프 J에게 미안한 마음과 함께 '다음에는 내가 치워야지.'라는 생각이 드는 하루다.

손끝에 온 힘을 모으는 이유

- 급할수록 신중히

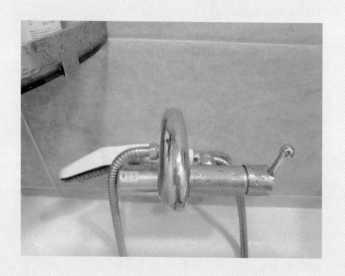

아이들을 욕조에서 씻길 때마다 듣는 소리가 있다.

'아빠, 뜨거워.'

'아빠, 차가워.'

샤워기에서 뿜어 대는 물은 수도꼭지 손잡이를 가만히 놔 뒀는데도 온도가 바뀐다.

온 힘과 정성을 다해 아이들에게 맞는 온도를 맞춰 놓았음에도 나의 기대를 뒤로 하고 조금 시간이 지나면 바뀌는 물 온도. 특히 머리 감기고 있을 때면 더 당황스럽다. 머리에 샴푸를 묻혀 놓은 상태에서 물 온도 조절한다고 시간 끌면 아이들은 울고불고 난리 난다.

이때는 수도꼭지 손잡이가 왜 이리도 얄미운지. 손가락 끝에 온 힘을 모아 최대한 빨리 물 온도를 조절하기 위해 안간힘을 다 쓴다. 너무 많이 넘어가면 차가워지고, 그렇다고 조금만 움직이면 온도에 변화가 없고. 꼭 연애할 때 밀당하는 느낌이다.

물 온도는 서서히 바뀌는 것이 아니라 순간 확 바뀐다. 꼭 물이 100°C 전까지는 안 끓다가 100°C가 되는 순간 확 끓는 것처럼. 그래서 영화에 나오는 금고털이범이 청진기를 금고에 대고 심혈을 다해 다이얼을 돌리듯이, 나도 아이들 샤워물 온도를 맞추기 위해 심혈을 다해 손잡이를 돌린다.

● ● ●

무슨 일을 할 때 내 뜻대로 잘 안 돼서 당황스러운 상황이 종종 발생한다. 그때는 괜히 화도 나고 짜증 나서 만사가 귀찮아지기도 한다. 그리고 일을 빨리 해결하기 위해 생각 없이 행동부터 시작하기도 한다.

이때 중요한 것은 급하다고 너무 서두르지 말고 집중해서 신중히 해야 한다. 생각 없이 행동부터 하는 순간 해결은커녕 일을 더 망칠 수도 있다.

만약 샤워물이 뜨겁거나 차가워져서 아이들이 소리치는데 급하다고 손잡이를 확확 돌리면 급격한 물 온도의 변화

에 의해 아이들은 더 힘들어하고, 결국은 통제하기 힘든 상
황으로 몰고 갈지도 모른다.

딸과의 양치질 대첩

- 최선을 다한다는 것

매일 저녁 와이프 J와 나는 딸과 전쟁을 치른다.

일명, 양치질시키기.

아이들 키워 보신 분들은 다 아시겠지만 아기 양치질시키는 게 보통 어려운 일이 아니다. 물론 잘하는 아기들도 있겠지만 울며불며 안 한다고 떼쓰는 갓 두 돌 지난 우리 딸 같은 아기도 있다. 보통 내가 붙잡고 와이프 J가 딸의 입속에 칫솔을 쑤셔 넣으면서 시작된다.

그런데 놀라운 것은 이제 두 돌 지난 아기의 힘이 엄청나다는 것이다. 내가 아무리 허약해도 힘으로는 딸보다 세겠지만 벗어나려고 젖 먹던 힘까지 다 쥐어짜내는 딸의 힘은 나와 막상막하다. 어쩔 때는 내 팔을 뿌리치고 내 머리채를 휘어잡은 적도 있다.

꼭 우리 딸이 다른 아기들보다 유독 힘이 세다기보다는 아기들 자체가 무슨 일을 할 때 혼신의 힘을 다하는 것 같다. 새벽에 분유 달라고 쥐어짜듯 울 때도, 친구의 장난감을 뺏을 때도, 바닥을 처음으로 기어 다닐 때도, 그들은 만사에 할 수 있는 힘을 총동원하여 행동한다.

• • • •

살아가다 보면 여러 가지 어려운 순간들을 맞이한다. 그때마다 나름 최선을 다하지만 어쩔 때는 소극적으로 대처하는 경우도 많다. 솔직히 남들이 보기에 '이 정도 했으면 됐어.' 정도까지만 하고 내려놓는 경우도 있다.

아기들은 어떨까. 아마 그들은 되든 안 되든 죽기 살기로 하지 않을까 생각된다. 그런데 어른이 되면서 아기 때와 다르게 최선을 다하지 않고 내려놓는 경우들이 생기는 것은 무슨 이유일까.

개인적인 생각으론 머리가 커지면서 잡다한 생각들이 늘어나서가 아닐까 싶다. 아기들은 한 가지 목표가 생기면 다른 생각은 못하고 오직 그것에만 집중하는데 나이를 먹으면

서 주변 시선과 내 능력에 대한 섣부른 판단으로 포기하는
것은 아닌가 싶다.

　다시 아기 때의 초심으로 돌아가 하고 싶은 일에 젖 먹던
힘까지 최선을 다하는 삶을 살아가고 싶다.

식탁에서 썩은 내가 나요

- 문제의 본질을 파악하라

평소와 다름없이 저녁 먹은 후 나는 식탁을 닦고 설거지를 하였다. 그런데 갑자기 와이프가 외친다. 어디서 썩은 내가 난다고. 아니나 다를까 어딘가에서 고약한 냄새가 풍겨온다.

어디서 나는지는 금세 알 수 있었다. 바로 옆에 있는 식탁에서 모락모락 피어오르고 있다는 것을. 아마도 식탁을 닦은 행주가 문제일 것이다. 나는 얼른 행주를 깨끗이 빤 다음 식탁을 다시 닦았다. 그새 썩은 내는 사라지고 없었다.

음식물 잔해로 더러워진 식탁을 깨끗이 하기 위해 사용된 행주가 눈으로는 식탁을 깨끗이 만들었지만, 반대로 참기 고약한 냄새를 만드는 것을 보며 문제를 풀 때 사용되는 해결책의 중요성을 알게 되었다.

어떤 해결책은 문제의 본질을 파악하고 더 좋은 상황으로 인도하는 반면 이번 행주 사건은 당장 눈앞의 현상만 해결하고 본질을 더욱 악화시키는 해결책을 본 것이다. 처음부터 행주가 깨끗한지 더러운지 파악했으면 이런 일은 없었을 것이다.

회사에서도 이런 일은 비일비재하다. 회사 업무는 이슈의 연속이다. 이 이슈들을 어떻게 해결해 나가야 하는지 궁리하는 것이 우리들의 몫이다. 그런데 당장 눈앞에 닥친 일만 급하게 처리하고 본질은 놓치고 가는 경우가 종종 있다. 그러다가 점점 시간이 지나 문제가 차곡차곡 쌓여 폭발하게 되는 경우도 있다. 본질의 중요성을 파악하여 두 번 일 안 하도록 노력해야겠다.

미역 반, 잔소리 반

- 겸손한 자세란

와이프 J의 생일이 다가왔다. 그런데 다른 때와 다르게 자꾸 미역국을 강조한다. '끓여 줄 거지? 언제 끓일 거야?'

　내가 할 수 있는 요리는 라면과 비빔면뿐. 진짜 끓여야 되나 고민되는 시간들이었다. 처음에는 장난인 줄 알았으나 왠지 장난이 아닌 것 같은 분위기. 드디어 생일 전날, 인터넷에서 조리법을 찾아 가며 끓이기 시작했다.

　막상 시작되니 와이프는 옆에 와서 자꾸 쫑알댄다. 그건 이렇게 하는 거야, 이걸 그렇게 하면 어떡해. 시켰으면 간섭을 하지 말든가 계속 잔소리다. 혹시 잔소리하려고 나 보고 미역국 끓이라고 한 건가.

　드디어 다 늦은 밤, 미역국이 완성되었다. 물론 마지막 간은 와이프가 맞춰 주었다. 미역국에 행복해하는 와이프를 보며 앞으로도 특별한 날에는 해 줘야겠다는 생각이 들었다.

● ● ● ●

미역국을 끓이면서 가장 놀라웠던 것은 계속 불어나는 미역이었다. 마른 미역을 물에 담가 놨더니 이게 점점 부풀어 오른다. 무슨 삐쩍 마른 주인공이 거대한 헐크로 변신하듯이. 처음에 넣을 때는 '이거 갖고 되겠어?' 했던 게 사발을 꽉 차게 불어나 있었다.

이것을 보며 겸손이라는 것을 떠올려 본다. 능력과 재능을 가지고 있지만 자랑하거나 내세우지 않는 것. 그러다 필요할 때는 그 능력을 여과 없이 발휘하는 것. 우리도 미역과 같이 겸손한 자세의 삶을 살아야 되겠다.

지혜를
찾아서

나도 가장이다

- 가정의 행복 지킴이

퇴근길, 하늘을 쳐다보니 아파트 위에 달이 떠 있다. 그런데 아파트 베란다에서 흘러나오는 전등 색깔과 달 색깔이 비슷하다. 꼭 달이 대표 스위치 같이 보인다. 밤이 되어 달이 켜지면 각 가정의 전등이 켜지는 것처럼.

회사생활에도 각 프로젝트를 대표하는 사람들이 있다. 그들은 그 프로젝트의 간판이 되어 과제를 이끈다. 그들이 중심이 되어 과제는 진행되며 윗사람뿐만이 아니라 주변에서도 인정을 받는다.

하지만 그 프로젝트에는 각 파트를 담당하는 사람들도 있다. 그 사람들이 있기에 그 프로젝트는 목표를 향해 달려갈 수 있는 것이다. 달빛이 세상을 비추지만 각 가정을 환하게 밝히는 것은 그 집의 전등이다.

저 아파트의 1504호에는 그 가정을 환하게 비추는 전등이 있다. 그리고 1302호 역시 그 가정을 위한 전등이 있다.

그 전등들은 자기가 담당한 가정들을 위해 온몸을 불태우며 밝게 빛난다.

생각해 보면 각 가정의 전등들은 그 집의 가장들 같다. 사회에서는 중심일지 주변일지 알 수는 없지만 확실한 건 그 가정을 위해 그들은 온몸을 불사르고 있다. 사회에서는 인정을 못 받을지언정 그 가정에서만큼은 인정받으며 살았으면 좋겠다.

쉼표 하나가 주는 차이

- 신중히 말하기

요즘 출근길에 거리를 걷다 보면 눈에 들어오는 간판이 하나 있다. 그건 바로 '네, 일합니다!'라는 간판이다. 간판을 보고 찰나의 시간이 지나면 누가 봐도 네일아트 가게임을 알 수 있다.

　쉼표 하나를 둠으로써 평범했던 이름에 뭔가 독특함을 선사하고 있다. 자부심을 가지고 열심히 일하겠다는 네일아트 가게 주인의 포부도 살짝 보인다.

　발걸음을 멈추고 잠시 바라보니 또 다른 생각도 든다. '내일 합니다'는 나의 일을 하겠다는 뜻이고, '내일 합니다'는 말 그대로 오늘은 쉬고 내일 일하겠다는 뜻이다. 띄어쓰기와 획 하나의 사소한 것 하나 차이로 말의 뜻이 바뀌는 세상이다.

사회생활을 하다 보면 우리는 간혹 말실수를 할 때가 있다. 나는 그런 의도로 이야기한 것이 아닌데 상대방이 오해를 하는 경우이다. 발음이나, 표정, 뉘앙스로 나의 의도와 다르게 받아들여지는 대화. 조금 억울할 수도 있지만 상대방이 그렇게 느꼈으면 그건 나의 실수이다.

　　이때는 빨리 사과하고 말뜻을 정정하는 것이 좋다. 괜히 네가 삐딱하게 들었네, 나는 잘못한 것 하나도 없네 하고 다투면 말은 더 꼬이고 돌이킬 수 없는 심각한 상황으로 빠지게 될 수도 있다.

　　'말 한마디로 천냥 빚을 갚는다'라고 신중히 말하는 태도가 더욱 필요한 세상이다.

텅 빈 버스 안에서

- 긍정적인 마음 갖기 연습

친구와의 저녁 식사 후, 집에 가는 길에 버스를 탔다. 버스 표지판에 우리 집 근처 정류장이 보이길래 무작정 탄 버스. 그런데 웬걸, 골목 사이사이 엄청 돌아간다. 우리 동네에 이런 곳이 있었나 싶을 정도다.

맨 앞에 앉은 아주머니도 나와 같은 상황인지 아까부터 둘만 타고 있다. 버스 잘못 탔다고 불평이 싹트려는 순간, 이런 생각이 들었다. 이때 아니면 언제 우리 동네 구석구석을 볼 수 있을까. 여행이 별건가, 편하게 앉아 시원한 에어컨 바람 쐬며 낯선 풍경 보는 게 여행이지. 그때부터 주변 경치가 눈에 들어오기 시작한다. 역시 사람 마음은 생각하기에 따라 변하는 것 같다.

● ● ●

사회생활 하면서 맞닥뜨리는 예기치 못한 수많은 상황들. 이때 우리가 직면하는 확실한 사실은 하나다. 불평하든 안

하든 이미 상황은 발생했다는 것이다.

이 상황을 어떤 자세로 수용해야 되는지는 온전히 본인의 몫이다. 어떤 사람은 불평으로, 어떤 사람은 대수롭지 않게 무관심으로, 어떤 사람은 긍정적으로 바라볼 것이다. 이때 어떤 태도가 우리한테 이로운지 머리로는 너무나도 잘 알고 있다. 당연히 긍정적으로 생각하는 것이 좋을 것이다.

하지만 실제로 마음에서 그렇게 받아들이기는 어려울 수도 있다. 이것도 훈련인 것 같다. 매 순간 상황을 긍정적으로 받아들이는 연습. 이런 연습이 쌓인다면 우리는 평안한 마음으로 여유를 가지고 살아갈 수 있을 것이다.

딸과 함께 하늘을 걷다

- 행복이란 누군가와 맞춰 가는 것

주말 오후, 딸과 함께 그네를 탔다. 딸 한번 살짝 밀어 주고, 옆에 비어 있는 그네에 올라탔다. 그리고는 딸과 속도를 맞추어 같은 방향으로 그네를 흔들었다. 같은 속도로 나란히 움직이는 나를 보며 딸은 방긋 웃는다.

느린 속도로 움직이는 그네에 앉아 있지만 마음만은 시원한 바람으로 샤워를 하듯이 상쾌했다. 딸과 나란히 그네를 탄다는 것 자체로 기분 좋은 일이다.

● ● ● ●

회사생활을 하다 보면 다양한 사람들이 모여서 일을 한다. 일을 하기 위해 서로서로 아이디어를 짜내고 논의도 많이 한다. 이때 업무 스킬에 따른 실력차가 발생하기도 한다.

그러나 서로의 장단점이 있기에 한 가지 업무로 그 사람을 평가해서는 안 된다. 서로 부족한 것은 메꿔 주고 보완해

가며 업무에 임해야 한다. 그래야 팀워크도 살아나고 밝은 분위기 속에 프로젝트도 성공할 수 있을 것이다. 누군가와 평안한 관계 속에 함께 일한다는 것 자체로 회사생활에 큰 힘이 될 수 있다.

시대의 유물, 동네 얼굴이 되다

- 체질을 변화시켜라

우리 동네 아파트 단지 입구에는 빨간 전화부스가 있다. 그런데 전화부스 안에 전화기는 없다. 대신 멋진 디자인의 조형물이 되어 동네를 빛내 주고 있다.

생각해 본다. 전화부스에 길게 줄을 서서 전화 차례를 기다리던 추억을. 지금은 모두 휴대폰을 가지고 있어 공중전화의 역할은 사라졌지만 예쁜 디자인으로 무장한 전화부스는 멋을 힘껏 뽐내고 있다. 자기가 동네의 상징이라도 되는 듯이.

● ● ●

사람도 마찬가지다. 회사에서 한때는 필요로 한 사람이었으나 어느 순간, 기술의 변화로 또는 시대의 변화로 도태되는 경우가 생긴다. 그러나 거기서 좌절하면 안 된다. 본인이 가지고 있는 장점이 무엇인지 파악 후 더 창조적으로 개발해 나가면 된다.

그러면 언젠가는 인정받는 시기가 다시 돌아올 것이다. 그때를 기다리며 오늘도 우리는 또 다른 나만의 달란트를 찾아 나선다.

사진이 말해 주는 너와 나의 사이

- 친밀함의 차이

머리핀을 좋아하는 둘째 아이 HL. 머리에 한가득 머리핀을 꽂고 내게 V를 한다. 욕심도 많은지 계속 머리핀을 꽂아 달라고 조른다.

어린이집에서 찍은 사진을 보면 어색하게 웃는 표정을 짓는 둘째인데 내가 찍은 사진을 보니 전혀 어색함 없이 환하게 웃으며 V를 날리고 있었다. 이 사진을 보며 우리 사이가 많이 가깝고 친밀하다는 것을 느낄 수 있었다.

누군가를 찍을 때면 상대방과 많이 친해져야 한다고 한다. 그래서 사진작가분들은 사진 촬영 현장에서 모델들과 많은 얘기를 나누며 화사한 분위기를 만든다고 한다.

우리 인생의 대표 사진 중 하나인 돌잔치 사진을 봐도 알수 있다. 돌잔치 때 사진 촬영하시는 분이 아기들 인상 풀어주려고 어찌나 노력을 하시는지. 그리고 그 뒤에서는 온 가족이 동원되어 손짓 발짓 하고 있다.

나는 지식보다 지혜가 좋다

나이를 먹을수록 사진 찍을 때 어색함과 함께 가면을 쓰고 있는 것 같다. 사진기 앞에서는 웃어야만 될 것 같고, 또 어떻게 웃어야 밝아 보이는지 노력하게 된다. 자연스러움이 아닌 노력으로 완성된 웃음은 뭔가 어색함을 사진에 남긴다.

우리 아이들이 앞으로도 자연스러운 웃음을 내 사진에 남겨 줄 수 있도록 친밀하게 지냈으면 좋겠다.

광어의 꿈

- 꿈이 있는 인생

주말 오후, 아이들과 함께 마트로 장을 보러 갔다. 마트에 가면 아이들이 꼭 들르는 곳이 있다. 그곳은 바로 생선가게.

아이들에게 물고기가 들어 있는 수족관은 아쿠아리움이나 다름없다. 이 날도 물고기 보러 가자며 생선가게로 우리를 이끌었다. 그곳에는 광어가 여러 마리 누워 있었다.

횟집에서는 아무 생각없이 보던 광어를 아이들 덕분에 어떻게 생겼는지 자세히 볼 수 있었다. 생기 없는 눈동자와 꼼짝도 않고 여러 마리가 포개져 누워 있는 모습을 보니 마치 꿈과 목표를 잃은 사람들처럼 보였다.

자연산인지 양식인지는 잘 모르겠지만 그들도 한때는 꿈이 있지 않았을까 하는 생각이 들었다. 저렇게 잡아먹히려고 열심히 살았던 것은 아닐 건데. 눈 마주치면 누가 사갈까봐 꼭 다들 눈 감고 있는 것처럼 보였다.

• • •

　우리도 어렸을 때는 여러 가지 꿈을 갖고 있었다. 물론 꼭 이루고자 하는 꿈도 있었겠지만 내 주위 친구들을 보면 터무니없는 꿈도 많이 가지고 있었다. 결혼하고 애 아빠가 된 지금, 과연 나는 꿈을 갖고 있을까. 그냥 하루하루 아무 생각 없이 살아가고 있는 것은 아닐까 생각된다.

　물론 누군가 나에게 꿈이 뭐냐고 물어보면 '부족하지만 하나님의 기쁨의 통로가 되고 싶어요.'라고 말한다. 하지만 막상 그 꿈을 위해 무슨 실천을 하고 있나 생각해 보면 깊이 반성이 된다.

　나이를 먹으면 먹을수록 무슨 시간이 그리도 빨리 흐르는지. 일주일이 금방 지나가고 주말이 자주 돌아온다. 이러다 곧 연말이 다가오고 새로운 해를 맞이하겠지. 나뿐만이 아니라 많은 사람들이 공감하는 생각이다.

　수족관에 잡힌 광어처럼 언제 죽나 기다리는 삶보다는 하

나는 지식보다 지혜가 좋다

루하루 꿈과 목표를 가지고 좀 더 보람차게 살아야겠다. 그러나 우선은 내가 진정 바라는 꿈이 무엇인지 생각해 보는 것이 먼저일 것이다.

늦은 새벽, 버스정류장

- 부모의 마음

깜깜한 새벽, 버스에서 내렸다. 이 시간 오직 나만을 위해 불을 밝히고 있는 버스정류장. 꼭 내가 오기를 손꼽아 기다리고 있었던 느낌이다.

아무 생각 없이 지나치던 버스정류장이 오늘은 반갑게 느껴졌다. 꼭 퇴근길 마중 나와 계시던 어머니처럼. 내가 가고 나면 또 다른 누군가를 위해 밤새도록 불을 밝히고 있을 것이다. 주기만 하는 사랑 또한 어머니를 닮은 것 같다.

· · ·

누군가를 기다린다는 것은 상황에 따라 다른 느낌일 것 같다. 사랑하는 사람을 기다리는 시간은 매우 행복할 것이다. 그러나 오지 않는 짝사랑을 기다린다는 것은 무척 외로울 것이다.

성경을 보면 '돌아온 탕자' 얘기가 나온다. 자신의 욕심을 위해 아버지를 버리고 멀리 떠난 아들, 그리고 돌아오지 않는 아들을 매일매일 애타게 기다리는 아버지.

아버지는 어떤 마음이었을까. 아마 무척 외로우면서도 아들이 돌아오기를 간절히 바라고 기도했을 것이다. 세월이 지나 다 망해서 거지가 되어 돌아온 아들을 멀리서 보고 달려가 안아 주는 아버지.

부모가 된 지금, 나 역시 조금이나마 알 것 같다. 내일 아침 우리 아이들을 꼭 안아 주면서 말해 주고 싶다.

아빠가 많이 사랑한다고.

무언가를 기뻐하는 것이
힘이 되는 세상

- 자기만의 기쁨을 찾아라!

주말 오후, 집 앞 공원으로 첫째 아들 HJ와 산책을 나왔다. 본인이 나가자고 조르고 졸라서 나왔는데 막상 나오니 힘들다고 찡찡댄다. 한 바퀴 돌 때쯤 돼서는 아예 안아 달라고 떼를 쓰기 시작했다. '지금 장난하나?' 하는 마음이 가슴 속에서부터 솟구쳤다.

어쩔 수 없이 공원 매점으로 가서 아들이 가장 좋아하는 M캐러멜을 하나 사 주었다. 그랬더니 언제 그랬냐는 듯이 환하게 웃기 시작했다. 어떻게 표정이 저렇게 바뀔 수 있을까. 꼭 장대비 속에서 갑자기 해가 뜨는 듯한 광경이었다.

가성비 갑이라는 말은 저 쪼그마한 M캐러멜을 두고 하는 말 같았다. 값도 싸고 쪼그마한 것이 짜증 섞인 주말로 기억될 뻔한 내게 신세계를 가져다주었다.

우리도 살아가면서 아들의 M캐러멜과 같은 존재를 원하고 필요로 한다. 그건 돈이 될 수도 있고, 사랑하는 사람일 수도 있고, 사회적 성공일 수도 있다. 얼마 전까지 아침에 회사 오면 하루 일과의 시작이 동료들과 차 마시면서 주식 얘기하는 것이었다. 그리고 한때는 집값 얘기가 사람들 화두에서 빠진 적이 없었을 때도 있었다. 그러나 그런 것들은 잠시 잠깐이고, 오히려 사람들을 더욱 속상하게 만들었다.

힘들고 지칠 때 힘을 주는 것이 무엇일까. 그걸 찾기 위해 많은 사람들이 고민하고 생각한다. 그런데 그것은 생각보다 가까이 있을지도 모른다. 이미 본인의 무의식 속에서는 알고 있는데, 의식 속에서는 못 알아챘을 수도 있다. 그리고 거창한 것이 아닐 수도 있고, 남들이 인정해 주는 것이 아닐 수도 있다. 본인이 그걸 통해 위로받고 기뻐하면 되는 것이다.

요즘 나는 글 쓰는 것이 재밌다. 글을 통하여 나의 생각을 전달하고 사람들과 공감대를 형성하는 것이 좋다. 그래서 기도한다. 이 글을 통해 사람들에게 좋은 영향력을 줄 수 있으면 좋겠다고. 이게 요즘 나의 기쁨이자 즐거움이다.

나는 지식보다 지혜가 좋다

몰라서 행복하다면…

- 많이 아는 것도 피곤하다

집 근처 H마트에는 놀이기구가 있다. 돈을 넣으면 노래가 나오며 신나게 움직인다. 단, 둘째 아이 HL은 그것을 모른다.

모르기 때문에 그냥 타는 것만으로도 행복해한다. 핸들을 이리저리 돌려 보고 버튼을 눌러 보며 무척 재밌어한다. 만약 돈을 넣었을 때 움직이는 것을 안다면 돈 넣어 달라고 엄청 떼를 썼을 것이다. 그리고 돈을 넣어 줘도 몇 분 후에 멈추는 순간, 다시 떼쓰기가 시작될 것이다.

● ● ●

때로는 모르는 것이 더 행복한 경우도 있다. 친구관계에서 A와 친한 줄 알았는데 뒤에서는 친구 B에게 나의 험담을 한다면. 알아채는 순간, 분노와 함께 한동안 마음이 불편할 것이다.

회사에서는 한 발 더 나아간다. 알면서도 모르는 척하는 경우도 발생하기 때문이다. 괜히 관계가 껄끄러워질까 봐 그냥 태연히 넘어가는 경우이다. 대신 그 친구하고의 대화는 좀 더 신중해질 것이다.

살아가면서 아는 것이 많아질수록 생각할 것과 고민거리가 많아지는 것 같다. 그리고 시기와 부러움도 함께 늘어나는 것 같다. 때로는 꼭 필요한 것만 적당히 알고 행복하게 살았으면 좋겠다는 생각을 해 본다.

내가 누구게?

- 아이들의 상상력

마트에서 수박을 한 통 사왔다. 아이들은 커다란 수박을 보며 두들겨 보고 이리저리 굴려 본다. 잠시 후 첫째 아이 HJ가 묻는다.

'내가 누구게?'

뒤돌아보니 첫째가 수박 위에 발을 올려놓고 엎드려뻗쳐를 하고 있다. 나는 수박이 깨질까 봐 약간 걱정됐지만 차분한 마음으로 잘 모르겠다고 대답했다. 그러자 첫째가 하는 말,

'나는 쇠똥구리야.'

그 순간 웃음이 빵 터졌다. 어떻게 저런 걸 생각할 수 있었을까. 아이들의 상상력은 정말 예측불허다. 글 쓰고 있는 이 밤에도 첫째의 대답에 웃음꽃이 활짝 핀다.

내가 회사에서 신입일 때 한 가지 궁금한 것이 있었다. 아이디어를 제안하는 일은 꼭 신입들에게 시키는 것이다. 선배들은 이런 일이 귀찮아서 그런가? 하는 생각도 들었다.

그래서 어느 날, 선배한테 물어봤다. 그랬더니 하는 대답이, '아직 몇 살이라도 어린 너희들이 아이디어가 더 좋거든.'이었다.

그랬다. 신입인 우리들은 회사 업무능력은 부족할지 몰라도 선배들보다 창의력은 뛰어날 확률이 높았다. 아직 회사 업무에 익숙지 않은 우리들에게는 모든 것이 새롭게 다가왔을 것이다. 선배들은 반복되는 회사 업무로 이미 사고의 틀이 고정된 상태여서 아이디어가 잘 떠오르지 않을 것이다.

최근 읽은 책에 이런 말이 있었다. '아이들이 놀 때 발휘하는 상상력을 가지고 있다면 성공할 것이다.' 생각해 보니 어렸을 때 장난감 가지고 놀 때면 별의 별 상상을 다하며 놀았던 것 같다. 지금은 그런 상상력을 언제 발휘했는지 기억도 안 난다. 요즘 글 쓰는 게 취미인 나에게 아이였을 때의 상상력이 발휘되기를 희망해 본다.

아빠, 이제 이빨 썩는 거 주지 마세요

- 진정으로 위한다면

첫째 아들 HJ와 어린이 치과에 갔다. 이빨 썩은 것이 있는지 검진 갔을 뿐인데 겁이 많은 첫째는 치과에 들어서자마자 울기부터 시작한다.

선생님이 오셔서 오늘은 주사 안 맞고 검사만 한다고 해도 진짜냐고 계속 묻는다. 왜냐하면 얼마 전 충치 치료를 여섯 개나 하면서 아픈 주사를 맞았기 때문이다. 엄마와 선생님의 약속대로 주사가 없음을 확인한 첫째는 울지 않고 이빨 엑스레이도 잘 찍고 불소 도포도 잘 받았다.

병원을 나오면서 첫째가 얘기한다.
"아빠, 이제 이빨 썩는 거 주지 마세요."
뭔가 뒤통수를 한 대 맞은 이 느낌은 무엇일까.

마트 갈 때마다 사 달라고 떼써서 사 주는 M캐러멜. 울다가도 이거 하나 먹으면 웃으며 너무 좋아하길래 가끔씩 손에 쥐어 줬을 뿐인데. 이제는 이빨 썩은 것이 내 탓인 것 같았다.

당연히 첫째에게 '이제는 안 줄게, 아빠가 미안해.'라고 말하며 집으로 돌아오는 길. 아직 내 책상 서랍 안에 있는 보험용 M캐러멜은 어떡하나 생각하며 '앞으로 달라고 떼써도 주나 봐라.' 하는 마음도 들었다.

● ● ● ●

회사생활을 하다 보면 후배에게 잘 되라고 업무 팁을 가르쳐 주는 경우가 있다. 그런데 나중에 후배에게 듣고 보면 간섭으로 여겨졌던 상황도 발생한다. 나름대로 내 시간 투자하며 노하우를 전수하였던 건데 도리어 선배의 지적질로 받아들여졌다고 생각하면 괘씸하면서 앞으로 뭐 하나 가르쳐주나 봐라 하는 생각이 든다.

하지만 가만히 돌이켜보면 상대방이 진짜로 원하고 필요로 한 것이 무엇인지 별로 생각을 안 하고 내 생각만 했던 것 같다. 내가 업무 팁을 줬을 당시에는 후배 입장에서 업무를 편하게 했을 수도 있지만 정작 자기 혼자 해결할 수 있는 기회를 내가 뺏어 버린 건지도 모른다. 어떻게 생각하면 빠른 업무 진행을 위해 고민할 시간을 안 주고 내 방식대로 해결하기를 원했는지도 모른다.

상대방을 진정 위하는 것이 무엇인지 다시 한번 생각하게 만드는 하루다.

문이 안 닫히는 이유

- 사소한 것도 확인하자

어느 날 현관 앞 중문이 끝까지 안 닫힌다. 분명히 방금 전까지 잘 닫혔던 것 같은데 갑자기 왜 이럴까. 중간쯤 닫히다가 어딘가에 걸려서인지 안 움직인다.

중문 구석구석을 열심히 살펴보았다. 자세히 살펴보니 의심스러운 점이 한두 가지가 아니다. 아래를 보면 바퀴가 빠진 것 같기도 하고, 또 위를 보면 레일 역할의 나무가 벌어진 것 같기도 하고. 결국 인테리어 아저씨에게 전화해야겠다며 전화기를 집어 들었다.

그때 와이프가 한마디 한다. 바닥 레일 위에 뭔가 낀 것 없냐고. 자세히 보니 굵은 모래들이 있길래 물티슈로 한번 쓱 닦았다. 그리고 '설마 이거겠어?' 하는 마음으로 문을 움직였는데 너무나 부드럽게 잘 닫힌다.

생각해 보니 첫째 아이 HJ가 놀이터에서 놀다가 방금 돌아왔다. 아마도 현관에서 신발을 벗을 때 모래가 사방으로 뛰었을 것이다. 저런 작은 모래가 원인이었다는 것이 참 신기했다. 그것도 모르고 온갖 의심을 해가며 이곳저곳 문을 살폈던 것을 생각하니 헛웃음이 나왔다.

● ● ● ●

회사 업무를 하다 보면 가끔씩 이슈가 터진다. 그때마다 원인을 파악하기 위해 모여서 논의를 한다. 이때 중요한 것은 아무리 사소한 의견이라도 무시해서는 안 된다는 것이다.

일단 의견으로 나온 모든 예상 원인들은 정리해서 하나씩 검토해 보아야 한다. 설마 이건 아니겠지 하고 무시했던 의견이 맞는 경우가 가끔 있다. 그때는 이미 이슈를 해결하기 위해 많은 시간과 노력이 허비된 다음일 것이다.

쓰레기 위의 행복한 아이들

- 시선의 차이

코로나로 아이들이 집에서 심심하다고 떼쓰는 주말 오후,
택배가 도착했다. 매번 배달 주문하는 A사 제품 패키지.

빈 박스는 부피가 커서 언제나 재활용 쓰레기장으로 직행
이었다. 분리수거 일이 안 맞을 경우는 천덕꾸러기가 되어
춥고 어두운 베란다 구석에 처박힌다.

그러나 이날만은 달랐다. 심심하다고 난리 치는 아이들을
위해 와이프가 개조를 하기 시작했다.

박스에서 버스로~~~

창문도 만들고, 운전석에 예쁜 리본도 달아 주고, 그림도 그
려 주고~ 아이들은 그날 오후 박스에서 내려올 줄을 올랐다.
그 좁은 박스에서 신나게 노는 행복한 아이들. 아이들에게 박
스는 더 이상 쓰레기가 아닌 최고의 장난감이었다. 그날만큼은
우리 집 거실 센터를 차지하며 박스는 큰 존재감을 자랑했다.

생각해 보면 박스의 본질은 바뀐 것이 없었다. 다만 박스를 바라보는 시선이 바뀌었을 뿐. 쓰레기로 쳐다보면 쓰레기지만, 멋진 장난감으로 쳐다보면 최고의 장난감이 되는 것이다. 가장 단점으로 여겼던 커다란 부피가 아이들에게 커다란 장점으로 작용하였듯이.

우리도 마찬가지다. 누가 나를 어떤 시선으로 바라봐 주느냐에 따라 나의 역할과 가치는 달라질 것이다. 회사에서도 업무를 함에 있어서 나를 믿어 주는 상사에게 나는 최고의 동료가 된다. 그러나 나를 인정해 주지 않는 상사에게 나는 그냥 골칫덩어리 직원일 뿐이다.

가정에서도 좋은 남편, 좋은 아빠가 되는 것은 와이프와 아이들이 나를 어떻게 봐 주느냐에 따라 달라질 수 있다. 서로의 장점을 바라봐 주고 칭찬해 줄 때 우리는 최고의 가치를 뿜어낼 수 있을 것이다.

세상의 풍파를 견디는 방법

- 가운데의 역할

내가 사는 아파트의 같은 라인에서 이사 가는 날. 사다리 차가 와서 11층까지 긴 목을 쭉 뻗고 있다. 그런데 가만히 들여다보니 사다리차가 공중에 떠 있다. 무슨 마술처럼.

아마 높게 사다리를 뻗었을 때 중심을 잡기 위해 그런 것이 아닐까 생각된다. 타이어 바퀴는 고무라 높은 곳에서 무게가 실리면 한쪽으로 치우쳐져 쓰러질지도 모른다. 공중에 떠 있는 트럭을 보며 저 몇 톤의 무게를 견디고 있는 나무토막이 대견하게 여겨졌다.

기중기 아래에 깔려서 온몸으로 그 무게를 견디고 있는 나무토막은 수많은 세월의 풍파를 견뎌 낸 모습이었다. 꼭 영화에서 보면 온몸이 흉터와 상처 자국으로 도배되어 있는 용사의 느낌. 무거운 이삿짐 무게와 돌바닥 사이에 끼어 그 가운데서 중재자의 역할도 하고 있다.

왜 기중기 아래 받침대로 나무토막을 사용하는 것일까.

여러 가지 이유가 있지 않을까 생각된다. 가지고 다니기 가벼워야 하고, 표면이 반질거리면 미끄러질지도 모르고, 튼튼하되 너무 딱딱하면 힘과 힘이 부딪혀 깨질 수도 있다.

이런 이유들을 모두 만족할 수 있는 나무토막을 보니 뭔가 능력자처럼 보인다. 그러나 꿈보다 해몽이었다고, 아무 이유 없이 그냥 쓰고 있는 것인지도 모른다.

● ● ● ●

회사생활을 하다 보면 여러 가지 힘들고 어려운 상황을 맞이한다. 그중에 선배와 후배 사이에 끼어서 어떻게 판단해야 될지 고민될 때가 있다. 누구 편을 들자니 한쪽한테 미안해지는 이 기분. 그리고 둘 다 놓치고 싶지는 않은 마음.

이때 가운데서 중재자의 역할로 잘 버텨 주고 있는 나무토막이 눈에 들어온다. 가운데 끼어서 힘들어도 양쪽 다 자기 능력을 발휘할 수 있도록 해 주는 모습. 사다리차는 쉽고 편하게 짐을 옮길 수 있도록 해 주고 돌바닥은 아무 흠집 없이 지구 편에 서서 그 무게를 온몸으로 받치고 있다. 나무토막은 그 사이에서 안전하게 사다리차에서 받은 무게를 돌바닥으로 전달하는 역할을 한다.

나무토막을 통해 가운데서 해야 될 역할이 눈에 들어온다. 선배와 후배의 꾸중과 투정을 받아주고 흡수할 수 있는 사람. 이때 본인의 정신 건강을 위해 어느 정도 한쪽 귀로 흘릴 수 있는 능력은 필수 아이템이다. 그래야만 평화로운 회사생활이 계속 이어질 것이다.

선택해, 스파이더맨이야? 딱지야?

- 상대방의 반응을 인정하라

간만의 회식 후 집에 가는 길, 갑자기 첫째 아이 HJ가 생각났다. 그래서 마트에 들려 장난감 코너를 서성댔다. 무엇을 좋아할까, 평소에 맨날 가지고 노는 것 말고 색다른 것이 무엇이 있을까. 그러다 눈에 띈 것이 스파이더맨 피규어였다.

　평소에 스파이더맨을 좋아하는 첫째에게 멋진 피규어를 안겨 주고 싶었다. 그래서 기쁜 마음으로 손에 들고 집에 가서 아이에게 내밀었다. 아이는 좋아하며 한참을 만지작거리다 잠들었다.

　다음날 퇴근 후 집에 가 보니 스파이더맨은 거실 바닥을 뒹굴며 구석에 처박혀 있었다. 대신에 첫째는 삐뚤빼뚤 접은 딱지를 손에 쥐고 신나 하며 놀고 있었다. 약간 서운한 마음이 들어서 첫째에게 스파이더맨은 안 가지고 노냐고 물으니, '지금은 딱지가 더 재밌어.'라며 소중한 보물처럼 딱지를 만지작거렸다.

첫째가 내가 사 준 스파이더맨만 가지고 놀기를 바라는 것은 나의 이기심인 것 같기도 하다. 본인이 직접 만든 딱지가 더 소중하고 좋을 수도 있는데 말이다. 내가 고심하여 사 줬다는 이유만으로 스파이더맨을 더 좋아해 주기를 바라는 것은 나의 욕심이었으리라.

• • • •

때로는 상대방을 위한다고 준비한 것들이 생각보다 무성의하게 받아들여지는 경우도 있다. 회사에서도 업무상 필요할 것 같아 힘들게 만든 자료를 팀에 공유하면, '그게 왜 필요해?' 하고 말하는 사람이 있는가 하면 어떤 사람들은 아예 관심도 없다.

'그럴 수도 있겠구나.' 하고 생각할 때도 있지만 어쩔 때는 괜히 화가 난다. 나의 성의를 무시했다는 생각만으로 다시는 이런 자료 공유하나 봐라 할 때도 있다. 솔직히 생각해 보면 상대방이 그것을 달라고 한 것도 아니고 바란 것도 아닌데 말이다.

진짜 필요한 자료라면 언젠가는 유용하게 쓰일 날이 올 것이다. 애초에 그렇게 마음 쓸 일이면 안 하는 것이 나을지도 모른다. 남에게 인정받고자 하는 마음, 관심받고자 하는 마음에서 시작되지 않았나 생각된다. 평안한 마음으로 상대방의 반응을 인정하는 태도도 필요할 것이다.

일상 속의
지혜

저 하늘의 별이 되어라!

- 나는 소중한 존재

코엑스의 랜드마크, 별마당 도서관을 방문하였다. 입구에 들어서니 수많은 책들이 나를 반겼다. 꼭 책으로 쌓은 요새 속으로 들어가는 느낌이었다.

높게 치솟은 책의 장벽을 보며 저 위에 놓여 있는 책들은 무슨 책일까 궁금해졌다. 베스트셀러였을까, 아니면 우리는 모르지만 높은 지식을 보유한 책일까. 잘 보이지도 않는 책들을 한참을 보다 보니 머리에 스치는 한 가지 생각이 있었다.

중요한 것은 저 책 하나하나가 그 존재만으로 모두 소중하다는 것이다. 인기가 있었든 아니면 이름 없이 사라졌든, 내용이 풍부했건 아니면 빈약했건, 멀리서 보니 저 자리를 지키고 있는 것 자체만으로 그 가치가 있었다. 장식으로 사용되는 책의 내용이 뭐가 중요하고 인기가 뭐가 중요했으랴.

저 책들은 그들이 책이라고 불리는 그 자체만으로 거대한 책의 산을 형성하며 그들의 역할을 충실히 소화해 내고 있었다.

● ● ●

우리도 한 명 한 명이 매우 소중한 존재들이다. 남들이 보기에 내가 잘났건 못났건, 똑똑하건 무식하건, 중요한 것은 나 스스로가 나를 소중한 존재로 깨닫고 사는 것이다.

위의 책들이 서로서로 모여 큰 책장을 이루었듯 우리들도 소중한 한 명 한 명이 모여 사회를 이루고 사는 것이다. 그 사회가 멋진 사회가 되기 위해서는 서로를 소중하게 아껴 줘야 할 것이다.

내일도 별마당 도서관 하늘에는 책 한 권 한 권이 별 같이 반짝이며 빛나고 있을 것이다.

때론 멀리서 볼 때가 아름답다

- 현실과 사진의 차이

어딘가 바쁘게 걸어가는 사람이 있다. 빨간 티셔츠에 파란 청바지를 입고 발걸음을 재촉하고 있다. 멀리서 볼 때는 뭔가 재밌고 멋져 보여서 가던 길을 멈추고 가까이 가 봤다.

가까이 갈수록 보이는 실체, 쇠파이프 토막에 페인트 칠한 조형물이다. 작가의 소개글을 보니 속 빈 쇠파이프처럼 내실 없이 바쁘게 살아가는 현대인을 표현하였다고 한다. 작가 의도를 알고 나니 시내 한복판에 있는 작품이 좀 더 의미 있게 보였다.

그리고 때로는 멀리서 볼 때가 멋있다는 것을 실감했다. 가까이서 봤을 때는 안 봐도 될 것들이 더 자세히 보였다. 청소를 안 했는지 작품에 걸려 있는 거미줄과 먼지들, 벗겨진 페인트 자국들이 한눈에 들어왔다.

• • •

요즘 우리는 SNS 시대에 살고 있다. 서로의 일상을 SNS 의 사진을 통해 알게 된다. 그런데 대부분 올리는 사진들은 남에게 보였을 때 행복해 보이거나 자랑하고 싶은 것을 올린다. 현실은 직장생활과 육아에 힘들고 지쳐 있는 모습일 지라도.

사람들은 말한다. 부럽다고, 나도 저러고 싶다고. 하지만 친한 사람들과 얘기해 보면 매번 그렇지 않다는 것을 알 수 있다. 벼르고 벼르다 어쩌다 한번 가서 찍은 여행 사진, 평소에는 싼 거 먹다가 주말에 한번 분위기 내서 찍은 유명한 맛집 사진.

너무 SNS 속의 사진에 대해 깊이 알려고 하거나 부러워할 필요는 없는 것 같다. 그냥 이 친구가 요즘 이렇게 지내는구나 보면서 공감이 가면 '좋아요' 한 번 눌러 주면 되는 것이다. 작품을 멀리서 봤을 때가 멋있었던 것처럼 그 친구의 일상도 사진으로 볼 때가 멋져 보이는 건지도 모른다.

행복한 추억으로 가는 열쇠

- 기억의 단서

비 오는 토요일 오후, 와이프 산후조리원 친구네 집에 놀러 갔다. 아파트 주차장에 차를 대고 나오면서 습관적으로 차 위치가 적혀 있는 기둥 번호를 핸드폰으로 사진 찍었다. 차 위치를 몰라 한참을 헤맸던 경험이 몇 번 있었던 나로서는 기둥 번호 하나 찍었을 뿐인데 마음에 평안함을 느꼈다.

우리는 살아가면서 과거 추억들이 문득문득 떠오를 때가 있다. 가만히 생각해 보면 그 추억들을 떠오르게 하는 무언가가 있다. 그 상황 속 흘러나왔던 노래, 누군가와 같이 먹었던 맛있는 음식, 즐거웠던 그 거리의 냄새, 선물 받은 소중했던 물건 등 그 단서는 다양하다.

나에게도 소중한 노래 하나가 있다. 제목은 '이 시간 너의 맘속에'. TV에서 이 노래가 흘러나왔을 때 첫째 HJ가 말했다.

'어, 이거 아빠가 나 아기 때 불러주던 노랜데.'

이 말에 내 가슴속은 살짝 뭉클해졌다. 너 아기 때 안고 재우면서 진짜 수백 번은 불렀을 노래인데 그걸 기억하고 있다니. 이 노래는 이제 내 추억뿐만이 아니라 HJ에게도 기분 좋은 추억이 될 것이다.

주차장 기둥 번호가 우리를 빠르고 편하게 차로 인도해 주듯이 기억의 단서들을 통해 우리는 소중했던 추억 속으로 자연스럽게 여행 다녀올 수 있는 것이다. 내 머릿속에 살고 있는 기억의 단서에 감사하며 소중한 추억들을 마음속 깊이 간직하고 싶다.

치과가 두려운 이유

- 나이에 따른 변화

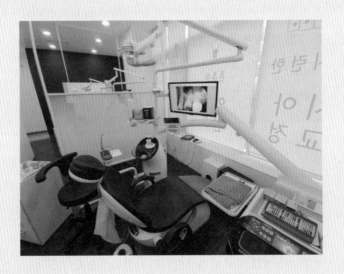

1년에 한 번 하는 스케일링을 하러 치과에 갔다. 스케일링은 곧 정기검진을 뜻한다. 치과 의자에 앉으니 두려움이 앞선다.

어렸을 때는 치료할 때 이빨 아플까 봐 두려웠다면 지금은 이빨이 썩어 돈이 많이 나갈까 봐 두렵다. 아니나 다를까. 결국 어금니 한 개를 씌우기로 했다. 돈 나가는 소리가 들린다. 와이프 J한테 뭐라고 말해야 할까.

● ● ● ●

나이를 먹으면서 두려움의 대상도 변한다. 그 두려움의 대상 중 하나가 바로 돈이다. 돈을 버는 입장에서, 그리고 빠듯한 생활비를 알고 있기에 갑자기 나가는 목돈은 두렵다.

그렇다고 너무 돈에 억눌려 살면 안 된다. 그 두려움에 휩쓸려 돈에 휘둘릴 수도 있기 때문이다. 잘못하면 행동의 기준이 돈이 될 수도 있다. 요즘 인터넷을 도배하는 뉴스들은 대부분 돈 때문에 벌어지는 사건사고들이다.

돈을 중요시는 여기되 무엇이 옳고 그른지는 판단하며 살아야 할 것이다.

낯선 여자의 손길

- 오래된 것일수록 소중히

와이프 J와 마트에 갔다. 과자 코너를 지나갈 때 내가 뭔가 고르려고 하니 군것질 좀 그만 하라며 내 손을 휘어잡고 그곳을 빠져나왔다.

과자 코너를 나와 식품 코너로 가는 동안 계속 내 손을 잡아끌고 가는 아내. 그런데 뭔가 느낌이 새로웠다. 낯선 듯 설레는 느낌. 평소에 다른 곳은 스킨십을 많이 하지만 손은 잡은 지 오래되었나 보다. 이런 느낌이 나쁘지는 않아서 못 이긴 척 계속 잡혀 있었다.

●　●　●

살아가다 보면 다양한 사람들을 만나게 된다. 학교에서, 회사에서, 동호회에서 새로운 사람들과 어울리게 된다. 그러면 간혹 가다 기존에 친하게 지냈던 친구와는 연락이 뜸해지는 경우도 발생한다.

내게는 초중고를 함께 보낸 소중한 친구 CS가 있다. 내가 대학교를 가고 친구는 재수를 하게 되었을 때 친구가 내게 말했다.

'너 대학교 가더니 얼굴 보기 힘들다.'

고등학교 때까지 항상 같이 놀았던 친구에게 그런 말을 들으니 뭔가 뜨끔했다. 새로운 친구들에게 많은 시간을 쓰다 보니 CS와는 자연스럽게 연락이 뜸해졌던 것이다. 오래된 친구일수록 더 소중히 생각했어야 했는데 너무 철이 없었나 보다.

세월이 지난 지금, 여전히 CS를 만나면 떡볶이를 먹고 집 앞 놀이터 벤치에 앉아 아이스크림을 빨며 수다를 떤다. 서로 포장 없는 편안한 모습으로.

새로운 사람들 만나는 것도 중요하지만 오래된 친구도 잘 챙겨야 되겠다. 남녀가 사귈 때 많은 단계가 있지만 손 잡는 것이 제일 긴장되고 설레었던 것을 생각하며.

손가락이 안 움직여요

- 속마음을 표출하라

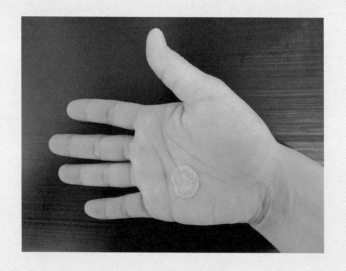

자고 일어나니 손가락 하나가 안 움직인다. 오른손 네 번째 손가락. 힘들게 접어 보니 어디선가 딸깍 걸리는 느낌이다.

병원에 가보니 방아쇠수지라고 한다. 손가락 힘줄에 염증이 생겨 움직일 때 굴곡부에서 마찰이 생겨 소리가 난다는 것이다. 손바닥에 주사를 꽂고 약물을 투여하는 치료를 받았다.

그런데 주사를 놓고 금방 뺄 줄 알았는데 이리저리 돌리며 손바닥 안을 휘젓는 것이다. 이게 치료 방법이라니 할 말이 없었지만 아프다고 큰 소리로 외치고 싶었다. 다음번에는 참지 말고 아프니깐 살살 해 달라고 떳떳하게 말해야 되겠다.

● ● ● ●

나이를 먹을수록 어딘가 고장 나는 곳이 많아짐을 체감한다. 최근에는 회사 업무 중에 눈이 나빠졌는지 모니터가 잘 안 보였다. 그래서 고개를 더 내밀다 보니 거북목이 이래서 되는구나를 알게 되었다. 그리고 지하철을 탈 때도 예전에는 한 시간을 서서 가도 괜찮았는데 요즘은 조금만 서서 가도 허리와 다리의 통증을 느낀다.

가끔 인터넷에 소개되는 『아프니까 청춘이다』라는 책이 있다. 책 제목만 봐서는 나이 마흔 넘어서 이제 청춘이 오나 싶기도 하다. 몸은 점점 안 좋아지는데 집에 가면 아이들이 매달리며 놀아 달라고 한다. 몸 컨디션이 좋을 때는 모르겠지만 이렇게 어딘가 아플 때면 피곤함과 귀차니즘을 느낀다.

그러면서 머릿속에 떠오르는 생각이 있다. '저 어린 아이들 키우려면 건강해야 되는데 벌써 이러면 어떡하나.' 때로는 나이 먹어도 누군가에게 '나 힘들다'고, '나 고민이 있다'고 솔직하게 얘기하고 싶다.

라볶이, 그 맛의 비밀

- 협력과 리더십의 중요성

친한 형 HK가 만들어 준 라볶이. 라볶이치고는 굉장히 푸짐해 보인다. 라면, 오뎅, 떡사리, 그리고 안 보이는 기타 재료들까지. 보기만 해도 냄비가 흘러넘치도록 꽉 차 보인다.

저 재료들은 자기가 라볶이가 될 운명일 줄 알고 있었을까. 누군가의 손에 이끌리어 장바구니에 들어온 다음 서로 자기소개를 하자마자 뜨거운 냄비로 직행한 그들.

처음에는 각기 다른 모습과 색을 발하며 개성을 뽐내고 있었지만 냄비 안에서 고추장과 함께 끓여진 후에 그들은 비슷한 모습이 되었다. 뻘건색에 물컹물컹 씹기 좋은 모습으로.

그리고 맛을 내는 제일 중요한 역할, 바로 라면스프다. 라면스프가 있어 그들은 누군가의 훌륭한 저녁식사로 다시 태어난 것이다. 흘러 넘칠 듯 담겨 있던 냄비는 곧 꼭꼭 숨겨 두었던 바닥을 살포시 보여 주었다.

● ● ●

　회사생활을 하다 보면 다양한 사람들과 함께 일하게 된다. 요즘은 본인 능력에 대한 자부심들이 강해서 자기주장 또한 강하다. 이때 필요한 것이 리더의 역할이다.

　각자 다른 주장을 펼치는 팀원들을 협력의 무대로 이끄는 것. 그리고 프로젝트 성공을 위해 한 가지 결론에 도달하게 하는 것. 이런 역할을 감당하기 위해 리더는 때때로 라면스프 같은 존재가 되어야 한다.

　라볶이에 많은 재료와 양념이 들어갔지만 결국은 얼큰한 라면맛이었다. 그 라면맛에 여러 재료들의 풍성한 식감으로 그날 저녁 포만감을 느끼며 행복해할 수 있었다. 우리 사회에도 고객을 감동시킬 수 있는 라면스프 같은 리더가 많아지기를 희망해 본다.

죄송하다면 이렇게

- 사과의 마음

길을 걷다 마주친 커다란 조각상 하나. 남자 거인 하나가 옷을 다 벗고 내게 머리를 숙이고 있다. 앙 다문 입술보다 눈에 들어오는 것은 꽉 쥔 주먹. 진짜 죄송하다는 마음이 물씬 풍겨온다.

과연 저 거인은 누구한테 죄송하다는 것일까. 그리고 얼마나 큰 잘못을 저질렀길래 저런 자세로 있을까. 잘 모르겠다. 다만 알 수 있는 것은 사과는 저런 마음으로 해야 되는 것이 아닐까 하는 생각이 들었다.

• • • •

회사생활에서, 가정생활에서, 그리고 참여하는 사회 공동체에서. 우리는 누구나 실수를 한다. 그 실수가 크든 작든 간에 중요한 것은 그 후 어떻게 대처하느냐는 것이다.

잘못을 했으면 용서를 구하고 사과를 해야 되지만 요즘

사회는 진정한 마음으로 사과하지 않는다. 그냥 이 고비만 넘기기를 바라며, 그리고 속으로는 '그럴 수도 있지.' 하는 생각이 팽배하다.

특히 회사에서는 업무 중 실수에 대해 사과를 잘 하지 않고 남 탓을 하는 분위기도 형성된다. 내가 잘못했다고 시인하는 순간 자신의 실수를 인정하는 꼴이 되어 고과나 인사평가에 불이익을 끼칠 수 있다고 생각하기 때문이다.

나 역시도 말로는 사과를 하면서도 이 고비만 넘기기를 바라는 마음이 어느 한 구석에 가득 자리 잡고 있다. 진정한 마음으로 사과하는 시대, 그리고 그것을 너그럽게 받아줄 수 있는 우리들이 되어야겠다.

이 문 누가 잠갔어?

- 마음의 통로

뜨거운 태양이 내리쬐는 오후, 길을 걷다 낯선 풍경을 보았다. 반대편 길과 연결시키는 지하보도가 굳게 잠겨 있는 것이다. 비싼 돈 내고 만들었으면 이용을 해야지 왜 잠겨 있을까.

　여러 가지 궁금증이 밀려왔다. 주변에 횡단보도가 생겨서. 혹시 안에서 무슨 안 좋은 일이 발생할까 봐. 의문은 꼬리에 꼬리를 물고 생각났지만 확실한 것은 현재 잠겨 있다는 것이다. 그것도 자물쇠로 굳게. 한동안 이용을 안 했는지 입구 앞에는 잔디가 무성했다.

● ● ●

　사람과 사람 사이에도 마음의 통로가 있다. 마음이 잘 통할 때는 소통이 잘되지만 어긋나는 순간, 자물쇠로 굳게 닫힌다. 시간이 오래 지나면 언제 통로가 있었냐는 듯이 입구가 잔디로 무성해질지도 모른다. 요즘 입에 마스크 쓰듯이.

어긋난 관계에는 마음문을 열어야 하는데 그 열쇠가 무엇인지 찾는 게 중요하다. 먼저 왜 관계가 틀어졌는지를 생각해야 근본 원인이 파악되고 해결책을 찾을 수 있을 것이다. 그런데 이런 노력도 상대방과 다시 친해지고 싶은 마음이 있을 때 가능하다.

어떤 관계는 더 이상 서로 필요로 하지 않아 그걸로 끝인 경우도 있다. 또 어떤 관계는 예전 좋았던 추억이나 현실적인 필요에 의해 서로 노력하여 회복되는 경우도 있다. 우리는 옆의 동료들, 지인들, 그리고 가까운 가족들과 어떤 관계를 형성하며 살고 있는지 생각해 봐야 되겠다.

나는 지식보다 지혜가 좋다

화장실 급하다 급해!

- 나눔의 시작

길을 걷다가 마주친 표지판 하나.

24시간 개방 화장실.

화장실 급한 사람에게 이보다 얼마나 더 감사한 것이 있으랴.

요즘 거리에서는 들어갈 수 있는 화장실이 없다. 사방팔방 곳곳에 있는 건물마다 당연히 1층에 화장실이 있겠지만 꼭꼭 잠겨져 있는 철문 앞에서 우리는 망연자실하게 된다.

● ● ● ●

우리는 나눔에 대해 가끔 생각한다. 내가 가진 것을 남에게 나누어 주는 것. 많은 사람들이 나눔이 좋다는 것은 알지만 뭔가 어렵게 생각한다.

그런데 꼭 그게 어려운 것만은 아닌 것 같다. 거창한 것을, 내게 정말 부담되는 것을 나눠 주라는 것이 아니라 내가 기쁜 마음으로 나눌 수 있는 것, 그리고 그때 상대방도 받아서 행복한 것을 나눠 주면 되는 것이다.

흔히 돈과 시간을 나누는 것만이 나눔이라고 생각하는 분들이 계신데 길거리에서 누가 길을 물었을 때 환하게 웃으며 친절하게 알려주는 것 또한 나눔이다. 하다 못해 요즘 같이 SNS가 판치는 세상에서는 댓글 하나 남겨 주는 것도 커다란 나눔이다.

저 개방형 화장실 표지판을 보며 나눔이란 사소한 것에서부터 시작되는 것임을 새삼 깨닫는다.

계단 아래, 공간이 태어나다

- 변화에 적응하기

오랜만에 찾은 인사동길. 수많은 예술 작품이 나 좀 봐 달라고 손짓하는 이곳에서 평범한 양철문 하나가 눈에 들어왔다.

얼핏 보면 평범해 보이지만 자세히 보면 독특한 모양의 문. 계단 기울기에 맞춰 위가 비스듬히 잘려나간 형상의 문은 인생이란 이렇게 적응하며 사는 것이라고 말해 주는 것 같았다.

특별 제작된 문이 있기에 계단 아래 죽은 공간은 이제 어엿한 이름이 붙여진 사무실이 되었다.

● ● ●

회사생활을 하다 보면 해마다 조직개편을 한다. 특히 경제가 어려우면 더 강도 높게 수시로 하는 것 같다. 만약 본인의 업무가 바뀌거나 다른 팀으로 이동하게 되면 우리는 새로운 환경에 대해 막연한 두려움을 느낄 것이다.

하지만 저 양철문처럼 우리에게도 적응력이라는 것이 있다. 새로운 환경에서 그에 맞게 적응하기 위해서는 우선 내가 바뀌어야 한다. 양철문이 형상을 바꿨듯이 내가 그 환경에 맞게 최적의 상태로 바뀐다면 두려움 대신, 연말 보너스를 기대하며 당당하게 회사생활을 할 수 있을 것이다.

특제 양념장, 맛의 비밀

- 적정선을 지켜라!

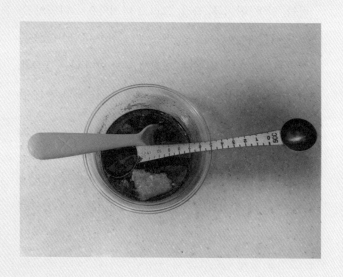

와이프 J에게는 요리를 특별하게 만들어 주는 특제 양념장이 있다. 주일 오후에 장모님이 오신다고 하셔서 저녁식사를 대접하기 위해 부랴부랴 양념장을 만들기 시작했다.

마늘, 양파, 참기름, 간장, 그리고 마지막으로 마법의 소스가 들어갔다. 그런데 급한 마음에 그 귀한 마법의 소스를 숟가락에 너무 많이 부었다. 옆에서 보고 있던 나는 궁금해졌다. 귀한 소스라 와이프가 저걸 어떻게 처리하나 관심 없는 척하며 살짝 보고 있었다.

그런데 웬걸, 투덜거리며 숟가락에 적정량만 남기고 나머지는 싱크대에 버리는 것이다. 아무리 귀한 소스라도 너무 많이 들어가면 양념장 본연의 맛을 잃어버리기 때문이었다. 그리고 함께 들어가는 다른 양념들과의 조화도 중요했을 것이다.

· · ·

    회사에서도 일을 하다 보면 눈에 띄는 동료들이 있다. 우수한 성적으로 입사해서 업무 성과에서도 돋보인다. 그런데 혼자 맡아서 하는 일에서는 성과가 높지만, 팀워크로 해야 되는 일에서는 너무 많이 나대다 보니 분위기를 흐리는 경우도 있다. 똑똑한 건 모두 다 인정하지만 회사 업무는 혼자 하는 것이 아니다 보니 팀원 간 화합도 중요하다.

    적정선을 지키는 것. 특제 양념장의 비법이 마법의 소스만큼이나 각 양념끼리의 적절한 양의 조화가 중요하듯이 회사에서도 뛰어난 전공 능력만큼이나 팀원들과 화합할 수 있는 협동심이 중시 여겨진다. 한 명의 능력이 아무리 뛰어나도 팀워크가 깨지면 프로젝트는 성공하기 어려울 것이다.

넌 은퇴하고 뭐 할거야?

- 선택의 다양성

퇴근길에 지하철을 기다리다 바닥에 있는 비상구 표시등이 눈에 들어왔다. 한 사람이 문밖으로 급하게 뛰쳐나가는 모습. 과연 이 사람은 위 두 개의 화살표에서 어느 방향으로 뛰쳐나갔을까?

방금 전 너튜브에서 은퇴 후의 삶에 대한 강의를 들었기 때문일까. 내 눈에는 저 비상구 표시등이 은퇴 후 제2의 직업에 대해 말해 주고 있는 것 같았다.

● ● ● ●

사람들은 말한다. 조기 은퇴니, 수명연장으로 경제생활을 더 해야 된다느니. 제2의 직업을 찾아야 된다느니. 하지만 막상 준비하려면 너무 막연하다. 객관적으로 내가 진짜 무엇을 좋아하고, 무엇을 잘하는 지도 잘 모르겠다. 설령 안다해도 섣불리 준비했다가 '이게 정말 최선의 선택이었을까?' 하고 후회할까 봐 망설이게 된다.

나는 업체 방문을 위해 가끔 택시를 이용한다. 그때마다 기사님들과 얘기를 많이 나누는데 모두들 회사 다닐 때 똑같은 말을 들었다고 한다. 뭔가 준비는 해야 되는데 막상 무엇을 해야 될지 모르는 상태로 시간은 흐르고 흘러 지금은 택시운전을 하고 있다고 한다. 물론 나이가 많으신 분들 중에는 퇴직금과 모아 놓은 돈으로 개인택시를 모시며 만족해하는 분도 계셨다. 하지만 내가 만나 본 기사님들 대부분은 제2의 직업 선택 시 택시운전을 처음부터 원해서 시작한 것은 아니라고 하셨다.

회사 다니면서 제2의 직업을 준비는 해야 되는데 그게 무엇일까. 여기서 생각해야 될 것은 길은 한 가지가 아니라는 것이다. 위의 비상구 지시등처럼 화살표는 두 개가 될 수도 있고 세 개가 될 수도 있다. 만약 갈 수 있는 길이 한 가지뿐이라면 어떤 길을 선택할지 너무 어려운 결정이 될 것이다. 어쩌면 고민만 하다가 끝날지도 모른다.

선택의 길은 다양한다. 먼저 나를 알고, 심사숙고하여 선택한 길을 가면 된다. 그러다 그 길이 아니면 다른 길로 가

면 된다. 내 인생의 길은 한 가지로 국한되는 것이 아니라 다양하게 열려 있기 때문이다. 지금은 고민만 할 때가 아니라 실천할 때이다.

반짝이는 창문에 마음을 담아

- 내리사랑

햇살 내리쬐는 길가에서 무심코 고개를 돌렸을 때 빌딩 창문이 거대한 거울이 되어 주변 풍경을 담고 있었다. 건물 안의 또 다른 건물들.

꼭 캥거루가 자기 새끼를 배 안 주머니에 넣고 다니듯이 자기 닮은 건물들을 비춰 주는 커다란 빌딩을 보며 누군가를 마음에 품는다는 것이 저런 것일까 하고 생각했다.

• • •

부모는 어디서나 자식 생각이 먼저라고 한다. 70살 넘은 할아버지도 그 어머니한테는 철없는 아이라고 하듯이. 아무리 자식이 나이가 많아도 부모는 항상 마음에 자식을 품고 산다고 한다.

나의 어머니도 아직까지 40살이 넘은 나를 위해 매일 기도하신다. 결혼해서 따로 살고 있지만 어머니는 아직도 마음속 가득히 자식 생각하는 마음을 가지고 계신다. 내리사 랑이라고 부모가 되어서야 나도 그 마음을 조금 이해할 수 있게 되었다.

우리 가족은 아파트 1층에 산다. 출근하려고 현관을 나설 때면 가끔씩 첫째 아이 HJ가 일찍 깨서 나에게 인사를 한 다. 그리고는 베란다로 달려가 내가 안 보일 때까지 손을 흔 들며 외친다.

'아빠, 일찍 오세요!'

이런 날이면 가슴에 뭉클함을 안고 하루를 시작하게 된 다. 그리고 마음속 가득히 아이들을 생각하며 나 역시 기도 하게 된다. 건강하고 바르게만 자라 달라고.

너, 나 건들기만 해 봐!

- 각자의 영역을 존중하라

비 오는 날의 퇴근길, 회사 맞은편 공사현장에 있는 크레인들이 눈에 들어왔다. 저 좁은 지역에서 몇 대가 바쁘게 움직이고 있었다. 저렇게 긴 게 서로 안 부딪히고 돌아가고 있는 게 신기해 보였다. 아마 부딪히게 된다면 대형사고가 발생할 것이다. 뉴스에 나올 정도로.

우리 눈에는 그냥 크레인들이 서 있는 것 같겠지만 각자 자기만의 할당된 영역이 존재할 것이다. 그래야 그 영역 안에서 크레인들은 서로 안 부딪히고 본인 일에 충실히 임할 수 있을 것이다. 만약 A크레인이 B크레인이 일을 못한다고 맘대로 간섭한다면 그날 뉴스에 나올 일이 발생할지도 모른다.

• • •

우리도 사회생활을 하다 보면 각자의 영역이 있다. 회사에서도, 가정에서도, 하물며 교회에서도 맡겨진 역할들이 있다. 그 역할이 침범당할 때 우리는 상대방과 다투게 된다.

상대방의 역할을 존중해 주는 것. 이것이 우리에게 요즘 필요한 자세일 것이다.

아이들이 카트에서 잠든 이유

- 자발적 참여의 중요성

아이들과 즐거운 주말 피크닉을 보내고 돌아오는 길. 우리는 다음날 먹거리를 위해 동네 마트에 들렀다. 아이들은 피곤한지 휘청거리다가 결국 커다란 카트 안에서 잠들었다.

집에서 잠을 재울 때는 조용하고 깜깜한 분위기 속의 포근한 침대에서도 안 자더니, 시끄러운 마트에서 좁고 딱딱한 철제 프레임의 카트 안에서 애들은 곤히 잠들었다. 너무나도 평안하게.

아이들이 잠든 이유는 매우 간단했다. 피곤했기 때문이다. 피곤했기 때문에 졸렸고, 졸렸기 때문에 평소에 그렇게 자라고 자라고 해도 안 자던 아이들은 그 좁고 딱딱한 카트에서 스스로 잠든 것이다.

왠지 공부도 마찬가지일 것 같다. 하기 싫은 공부를 억지로 시켜도 할 애들은 하고 안 할 애들은 안 할 것이다. 나 역시 학교 다닐 때 부모님께 혼날까 봐 결국은 고등학교 3학년 때까지 책상에서 놀았던 것 같다. 책상에 앉아 공부하는 척하며 만화책을 그렇게도 많이 봤던 기억이 있다. 놀 땐 놀고 공부할 땐 확실히 공부하면 됐겠지만 그때는 그런 거 자체를 몰랐다. 누가 알려주는 사람도 없었으므로.

무슨 일이든지 본인이 동기를 가지고 자발적으로 참여할 때 역사는 이루어지는 것이다.

지혜,
자연을 꿈꾸다

참새야, 나 왜 불렀어?

- 주변의 소중함

나는 보통 출근길에 이어폰을 꽂고 영어회화를 들으면서 셔틀버스로 향한다. 영어 실력은 잘 늘지 않지만 그래도 듣고 있으면 언젠가는 영어로 대화가 되지 않을까 하는 기대감. 그러던 어느 날, 변함없이 영어를 들으며 출근하는데 어디선가 높은 고음의 새소리가 들렸다.

　뭐지, 생각하며 이어폰을 뺐더니 너무도 맑은 새소리들이 사방에서 들렸다. 내가 셔틀버스 타러 가는 길목인 가로수 길에 참새들이 나뭇가지에 앉아 노래를 부르고 있었다. 그것도 수십 마리가. 꼭 콘서트에서 관객들이 떼창하듯이.

　이 상쾌한 소리를 평소에는 왜 몰랐을까. 뭐가 그리 중요해서, 뭐가 그리 바빠서 잠시 이런 소리를 들을 여유도 없었나? 솔직히 새소리에 대단한 감동을 받은 것도 아니고, 새를 엄청나게 좋아하는 것도 아니다. 그냥 일상에서, 주변에서 들리는 평화로움을 만끽하지 못하고 산다는 게 좀 아쉬웠을 뿐이다.

· · ·

우리는 하루하루 치열하게 살아간다. 꼭 치열하지는 않더라도 나름 바쁘게 하루를 보낸다. 직장인이 아니더라도 가정주부나 학생들도 애들 챙기고 공부하느라 숨 가쁘게 생활한다.

가끔은 주변을 둘러볼 여유가 우리에게도 필요하다. 주변의 소리에 귀 기울이고, 눈에 띄는 자연을 관찰하는 것. 그것만으로도 우리는 사회에서 받는 스트레스에서 조금이나마 벗어날 수 있을 것이다.

이제는 가끔씩 이어폰보다는 자연의 소리에 귀 기울이며 살고 싶다.

아빠, 저기 화장실이요

- 나를 표현하는 한 가지

주말에 첫째 HJ와 바람 쐬러 나간 집 앞 중앙공원. 뒤에서 한마디 반가운 기운의 외침이 들린다.

'아빠, 저기 화장실이요!'

돌아보니 귀여운 여자아이가 아빠한테 화장실을 가리키고 있다. 탁 트인 넓은 공원에서 멀리 보이는 화장실 표시가 한눈에 들어왔다. 평소에는 관심이 없었는데 가만히 보니 진짜 눈에 잘 뜨인다.

당연히 자주 공원에 오는 지역 주민들은 화장실이 어디 있는지 잘 알고 있을 것이다. 하지만 멀리서 처음 와 보신 분들은 화장실 가고 싶을 때 두리번거리며 찾게 된다. 이때 얼마큼 손쉽게 찾냐에 따라 그 공원에 대한 첫인상이 달라질 것이다.

호기심에 가까이 가서 보니 화장실 표시는 하얀 플라스틱 패널을 잘라서 만들어져 있었다. 선 하나 이어 붙였을 뿐인데 멀리서 누가 봐도 단번에 화장실임을 알 수 있었다. 전 세계 만국 공통어 같은 느낌.

· · · ·

요즘은 자기 브랜딩 시대이다. 본인을 사람들에게 얼마나 잘 홍보하고 각인시키는지가 중요하다. 위의 화장실 표시가 누가 봐도 알 수 있는 만국 공통어였다면 나를 표현하는 대표적인 한 가지는 무엇일까.

아마도 사람마다 다양할 것이다. 본인의 직업이 될 수도 있고, 재산, 지위, 집안, 유명세 등이 있을 것이다. 또 예술적으로 글, 그림, 음악 등이 될 수도 있다.

중요한 것은 꼭 남들이 알아주는 것이 아니라도 된다는 것이다. 무엇보다 내가 먼저 그것을 인정하고 뿌듯해하면 되는 것이다. 사람들에게는 누구에게나 자기만의 달란트가 있다고 한다. 나도 가지고 있을 그 달란트가 세상에 좋은 영향력을 줬으면 좋겠다.

저런 집에는 누가 살까?

- 남의 것을 탐내지 말라

해안가 근처, 예쁜 지붕으로 꾸며진 마을. 푸른 파도와 하얀 물보라가 아름다운 색을 더한다. 그리고 오늘따라 지붕 위를 반짝반짝 뒤덮는 화사한 햇살들.

이런 평화로운 풍경 속에 주인공은 어디 있을까. 아직 날씨가 무더워 다들 집에 있으려나? 과연 저런 집에는 누가 살까 궁금해졌다.

그러다 문득 떠오르는 생각.
'이렇게 아름다운 환경이 좋다면 여기 내려와서 살 수 있을까?'
생각해 보니 그건 아니었다.

며칠 또는 몇 달 정도 여행 차원으로 살 수는 있지만 완전히 눌러앉아 살기에는 도시에서 살아온 나로서는 더 많은 고민이 필요해 보였다. 그리고 '뭐 해 먹고 살지?'라는 현실적인 고민도 떠올랐다. 시끄럽고 북적댄다며 불평할지라도 아직은 도시 생활을 더 원하는 나를 보게 되었다.

● ● ● ○

나이를 먹을수록 주위에 갖고 싶은 것들이 늘어난다. 어릴 때는 친구들의 장난감이, 운동화가, 게임기가 탐났다면 나이를 먹어서는 집이, 자동차가, 그리고 연봉 높고 편해 보이는 직업이 탐이 난다.

그러나 내가 갖고 있는 것이 별거 아닌 것 같지만 막상 그것을 잃어버리면 '아, 내가 많은 것을 가지고 있었구나.' 하며 생각하게 될 것이다. 그것에는 건강이 있을 것이고, 우리 가정의 생활을 책임지는 직업이 있을 것이다.

'남의 것을 탐내지 말라'는 성경 말씀이 있다. 내가 지금 가지고 있는 것을 소중히 여기며 하루하루 살아가야 되겠다. 그리고 원하는 것이 있다면 부러워만 할 것이 아니라 감사하는 마음으로 계획하고 실천해 나가면 될 것이다.

잔잔한 오늘, 요동치는 내일

- 다음 단계에 대한 준비

물이 고요히 흐른다. 그러다 한 단계 아래로 떨어진다. 그러자 언제 잔잔했냐는 듯이 흰 거품을 내뿜으며 물살이 요동친다.

소리 또한 '졸졸졸'에서 '콸콸콸'로 바뀌었다. 한 경계를 사이에 두고 너무 대조되는 장면이다. 중요한 사실은 위에 흐르던 물은 언젠가는 아래로 떨어진다는 것.

• • • •

회사생활을 하다 보면 입사할 때부터 정해진 사실이 있다. 언젠가는 회사를 나와야 한다는 것. 창업주 패밀리가 아닌 이상 자의 반 타의 반으로 나와야 한다.

특히 우리는 지금 코로나 시대를 통해 더 체감하고 있다. 현재 코로나로 인해 타격을 받지 않았다고 해도 다음번의 알 수 없는 위기가 왔을 때는 어떻게 될지 모른다.

회사 다닐 때는 언제까지 다닐까 마음만 불안하지 반복되는 루틴한 삶을 살아간다. 일상의 반복됨을 소중히 여긴다지만 마음에 와닿지는 않는다. 그러다 일이 터지면 다급해진다고 한다. 현실로 다가왔을 때 실감하는 것이 인간이다.

물살이 경계를 이루는 곳에는 둥글둥글한 돌들이 놓여 있다. 오랜 시간 반복되는 물살에 의해 깎여 나가 반들반들하게 표면이 부드러운 돌들이 되었을 것이다. 만약 저 돌들이 없었다면 물살은 아래로 곤두박질치며 작은 폭포수가 되어 더 요동쳤을 것이다.

우리도 살아가면서 다음 단계로 가기 위한 안전장치가 필요하다. 저 둥그런 돌들처럼 그 경계에서 충격을 완화시켜주기 위한 나만의 준비가 필요할 때이다. 아래로 요동치며 내려온 물들은 시간이 지나면 다시 잔잔해질 것이다.

정상에서 만나다?

- 기회는 또 돌아온다

케이블카를 타기 위해 기다리는 시간. 드디어 우리가 탈 케이블카가 도착했다. 유모차를 끌고 있는 상황에서 안내요원의 도움을 받아 무사히 탑승했다. 문이 닫히기까지 조금 아슬아슬했다.

'지나간 버스는 다시 돌아오지 않는다'라는 말이 있다. 하지만 케이블카는 더 심했다. 버스는 뛰어가서 기사님에게 소리쳤을 때 세워 줄 가능성이라도 있지만, 케이블카는 한치의 오차 없이 정해진 시간 안에 탑승해야 한다. 느릿느릿 천천히 움직인다고 방심했다가는 일행과 따로 탈 수도 있다.

● ● ●

회사에서는 승진 제도라는 것이 있다. 본인의 차례가 왔을 때 제때 진급을 못 하면 계속 누락될 수도 있다. 인사팀에서도 한두 번 누락되면 여러 상황을 체크하여 별도 관리를 한다.

나도 과장 진급에 두 번 누락되었다. 회사 역시 피라미드 구조로 진급 TO는 적고 진급 대상자들은 많다 보니 크게 능력이 뛰어나지 않은 한 누군가는 누락이 될 수밖에 없다.

　세 번째 차례가 왔을 때는 많이 조마조마하였다. '또 누락되면 어떡하지?' 다행히 세 번째에는 진급이 되었는데 그 당시 팀장님이 말씀하셨다. 이번에도 누락되었다면 아마 회사생활이 힘들었을 수도 있다고.

　하지만 세월이 지나 생각해 보니 꼭 이번 기회만이 전부는 아닌 것 같다. 케이블카를 놓쳐서 일행과 따로 탈 수는 있지만 어차피 정상에서 만나듯이 진급 역시 주위 동료들을 보면 임원이 되지 않는 이상 모두들 부장 직급에서 만나고 있다.

　이번 기회를 못 잡았다고 슬퍼하거나 낙심하지 말고 이번을 계기 삼아 분발하여 더 좋은 기회를 잡으면 되는 것이다. 중요한 것은 그 상황을 대하는 긍정적인 마음자세일 뿐이다.

가진 자일수록 삶이 무겁다?

- 자기 삶에 만족하기

코로나로 집 안에서 뒹굴며 답답해하던 아이들과 함께 갯벌로 놀러 갔다. 친한 동생네 가족과 만나 갯벌에서 신나게 노는데, 재밌는 현상을 발견했다.

갯벌 한가운데를 횡단하다 발이 깊숙이 빠지는 데에 차이가 있었다. 나는 발목을 넘어 거의 무릎 직전까지 빠졌고, 친한 동생은 몸집이 거대해서 무릎을 넘어 허벅지까지 빠졌다. 그런데 아이들은 발목 정도만 빠지는 것이다. 같은 곳을 지나가는데 어른인 우리와 무슨 차이일까.

생각해 보니 바로 몸무게 차이였다. 무거운 어른들과 가벼운 아이들의 차이였다. 거기에 몸집이 커다란 친한 동생은 더 깊숙이 빠졌다. 발이 빠지면서 갯벌 속에 있는 조개껍질이 피부를 긁으니 걸을 때마다 통증이 밀려왔다. 그리고 깊숙이 빠진 발을 꺼내어 걷는 것도 힘들었다. 그러나 해맑게 웃으며 따라오라는 아이들을 보니 어떻게 중도에 안 간다고 말하랴.

세상을 살다 보면 생각보다 더 많은 것을 가지려고 하는 경우가 있다. 분명히 이 정도면 됐는데 막상 이뤄 놓으면, 더 가지고 싶고 남의 것에 눈이 가기 십상이다. 그러다가 또 목표에 도달하면 역시 성에 안 차 '더~ 더~'를 외치고 있는 자신을 발견할 수 있다.

과연 더 많이 가지는 삶이 좋은 것인가. 물론 많이 가지면 좋을지 몰라도 '자기만족에는 끝이 없다'라는 말이 있듯이, 끝이 없는 욕심은 갯벌 속의 조개껍질처럼 우리 자신에게 상처를 입힐지도 모른다.

자기 삶에 만족하며 사는 것도 엄청난 능력임에 틀림없다. 현재를 감사히 여기고 만족하며 살 때 우리는 행복을 느낄 수 있을 것이다.

두둥실, 물이 이끄는 대로

- 대세의 흐름

평일 오후, 첫째 아이 HJ와 집 근처 수족관에 갔다. 그곳에는 여러 종류의 동물 친구가 살고 있는데 그날따라 물범이 눈에 띄었다. 가끔씩 미술관에서 한 그림을 앞에 두고 오랫동안 생각하듯이 수족관에서도 한 동물에 꽂히면 그 아이를 계속 관찰하고 바라보게 된다.

물범은 너무나 평온한 자세로 물 밖에 배를 내놓고 물에 두둥실 떠 있었다. 자는 건지 아무 생각 없는 건지 물결에 따라 이리저리 출렁이는 물범을 보며 회사생활도 저렇게 하면 편할 텐데 하는 생각이 들었다.

회사에서 연차가 오래된 선배들에게 '어떻게 하면 회사를 오래 다닐 수 있는지' 비결을 물어보면, 여러 가지 답변이 나오지만 그중에서도 가장 많은 것은 '내 주장을 많이 내세우기보다는 대세의 흐름에 맞춰 따라간다'는 답변이었다.

물론 능력도 좋고 똑똑하면 윗사람에게 인정받아서 승진

도 잘되고 연봉도 많이 받겠지만, 반대로 자기 의견이 몇 번 무시되고 받아들여지지 않으면 그 분을 참지 못해 회사를 뛰쳐나가든가, 팀원들과 타협을 못해 외톨이가 되는 사람들을 많이 보았다고 하였다.

꼭 자기주장만 옳으라는 법은 없다. 다른 사람의 의견도 중시 여기며 받아들일 수 있어야 한다. 간혹 그 주장이 본인이 생각하기에 별로이고 이해가 안 갈지라도 다른 팀원들이 받아들인다면 같이 수긍한 다음 좀 더 지켜보고 검토하는 시간이 필요할 것이다.

물에 떠다니듯이 대세의 흐름이 어디로 기우는지를 알고 그 결정에 따라가는 것도 회사를 오래 다니는 것이 목표인 경우, 살아가는 한 방법일 것이다.

나는 지식보다 지혜가 좋다

누가 나한테 못생겼다고 말하는가?

- 외모의 기준

우리집에 새로운 친구가 이사를 왔다. 주말에 갯벌에서 데려온 바다게이다. 첫째 아이 HJ가 너무 집에 데려오고 싶어해서 나머지는 놔주고 두 마리만 입양해왔다. 한 마리만 데려오면 외로울까 봐.

집에 오자마자 게들 숨 막히면 어떡하냐는 아이들의 성화에 숨구멍이 뚫려 있는 달팽이통으로 옮겨 주었다. 전에 살던 달팽이들은 어디로 갔는지 생각하니 갑자기 숙연해졌지만 이제는 바다게가 주인이 되었다.

아이들과 바다게를 신기해하며 바라보고 있는데 갑자기 드는 생각이 있었다. 되게 못생겼다는 것. 꼭 영화에 나오는 에일리언 같았다. 혹시 감독이 바다게를 보고 외계인 얼굴을 생각하지 않았나 하는 생각이 들 정도였다.

그런데 이렇게 못생긴 게도 혹시 바다에서는 멋쟁이가 아닐까 싶었다. 너무도 당당하게 우리를 쳐다보고 있는데 전혀 주눅 들지 않고 있었다. 첫째가 말하길 집게발이 너무 귀엽고 멋있다고 하였다.

책에서 보니 수컷게들은 집게발을 흔들며 암컷게에게 구애를 한다고 하는데 이 게는 인기 좀 있을 것 같았다. 그런데 솔직히 데리고 온 두 아이가 암컷인지 수컷인지는 잘 모르겠다. 만약 둘 다 수컷이라면 왠지 미안한 마음이 들 것 같다.

● ● ● ●

사람들도 살아가면서 항상 의식하는 것 중의 하나가 외모이다. 대학교에 입학했을 때 여자 동기들이 화장기술을 터득하기 시작했다. 그리고 시간이 갈수록 점점 짙어지더니 자신감이 넘쳐흐르는 것을 볼 수 있었다.

친한 친구가 얘기하기를 좋아하는 남자한테 잘 보이려고 하는 경우도 있지만 어떤 경우는 주위 여자들과의 서로 예뻐 보이려는 기싸움도 있다고 하였다. 멋있고 예뻐지기 위한 노력은 사람이라면 누구나 경험했을 것이고, 늙어 죽을 때까지 계속 진행되는 본능일 것이다.

그런데 여기에서 외모의 기준은 천차만별일 것이다. 꼭 겉으로 보기에 객관적으로 예쁘고 멋진 사람만이 인기가 있는 것은 아니다. 객관적으로 잘생기고 예쁜 스타일 따로, 개개인이 선호하는 스타일 따로이다.

그러므로 주변 시선보다는 본인의 스타일을 가꾸고 개선하다 보면 자존감도 상승하여 행복한 하루하루를 보낼 수 있을 것이다.

자리가 작품을 만든다?

- 위치에 따른 가치 변화

공원 안에 장독대가 들어왔다. TV를 보면 시골 할머니 댁에 있을 법한 평범한 장독대들. 빌딩 숲 사이로 탁 트인 공원 안에 시골틱한 장독대가 있으니 신선하다.

공원 안 전시물을 보면 보통 유명한 예술가의 작품들이 놓여 있다. 그런데 어디서 가져왔는지 모르는 오래된 장독대가 그 자리를 대신하고 있다. 지나가던 사람들도 재미있는지 장독대를 배경으로 사진을 찍는다. 시골집에서는 김치를 담는 목적으로 쓰였겠지만 여기서 그들은 작품으로 존재한다.

● ● ●

'자리가 사람을 만든다'라는 말이 있다. 높은 지위나 책임감 있는 자리에 앉게 되면 거기에 맞게 사람이 변한다는 것이다. 반대로 회사에서 낮은 직급이나 안 좋은 자리로 좌천되면 어떻게 될까?

이때가 진짜 그 사람의 인성을 알 수 있는 기회일 것이다. 높은 지위로 가면 그만큼 힘도 생기기 때문에 외적으로는 더 멋져 보일 수 있다. 하지만 낮은 자리로 좌천됐을 때도 높은 자리에 있었던 때만큼 좋은 인성과 책임감을 보인다면 그 사람은 내적으로도 멋진 사람일 것이다.

모기장으로 바라본 세상

- 편견의 문을 열어라

노을이 지는 하늘. 아파트 위에 불꽃 파도가 넘실댄다. 이런 장면은 찍어야 된다는 생각으로 핸드폰을 눌러댔다. 그러나 사진을 보니 뭔가 어색하다. 자세히 보니 하늘과 나 사이에는 모기장이 존재했다.

눈으로 하늘을 보기에는 괜찮았지만 모기장을 통해 찍은 사진에는 철망이 여과 없이 드러나 있었다. 모기장을 열고 다시 찍을까 하다가 모기 들어올까봐 눈에만 담아두기로 하였다.

● ● ● ○

우리는 세상을 바라볼 때 편견을 가지고 보는 경우가 있다. 나는 그러지 말아야지, 나는 아닐 거야, 하지만 어느 순간에 색안경을 끼고 있는 나를 발견하게 된다. 상대방을 제대로 알기 위해서는 내 마음의 모기장을 열고 봐야 하지만, 때로는 손해를 볼지도 모른다는 생각에 남한테 들은 소문과

첫인상이라는 모기장을 통해 그 사람을 알아 간다.

이렇게 되면 상대방을 제대로 알아갈 수 없을 것이다. 편견에 오해가 더해져 더 이상의 관계는 형성되기 어려울 것이다. 그리고 상대방 역시 그 마음을 읽고 돌아서게 될지도 모른다.

때로는 모기한테 물릴 수도 있겠지만 모기장을 활짝 열고 세상을 바라보는 태도가 필요하다.

아빠, 나 왜 사랑해?

- 사랑의 이유

화창한 오후의 금요일, 퇴근 후 둘째 아이 HL과 집 근처 공원에 갔다. 참새가 방앗간을 그냥 못 지나간다고 둘째는 공원 안의 놀이터로 나를 인도했다. 그리고 그네에 앉더니 계속 밀어 달라고 한다. 참고로 둘째는 그네를 한번 타면 두 손으로 줄을 꼭 잡고 안 내리려고 한다.

　계속 밀어 주자니 손도 아프고 다리도 아프고, 그렇다고 안 밀어 주자니 둘째가 울상이 된다. 그때 옆에서 기다리고 있는 둘째 또래 아이들과 그 부모들의 따가운 눈초리. 어떻게 해야 되나 생각하고 있는데 불현듯 공원 중앙에 자리 잡고 있는 정원그네가 떠올랐다.

　결혼 전에는 연인들만 타는 줄 알았지만 아빠가 된 지금은 아이들을 위해 만들어진 것이 아닌가 생각된다. 다행히도 저 멀리 보이는 정원그네가 비어 있음을 알고 둘째와 달려가 가쁜 숨을 내쉬며 함께 앉았다.

언제나 옆에 같이 있던 첫째 HJ 없이 둘째와 그네를 타니 꼭 애인과 함께 타는 기분이었다. 마침 졸릴 시간이었는지 둘째는 내 팔에 머리를 기대며 그네가 만들어 주는 시원한 바람을 느끼고 있었다. 나도 기분이 좋아 둘째에게 아빠가 많이 사랑한다고 말했다. 그랬더니 둘째가 나를 쳐다보며 떠듬떠듬 물었다.

'아빠, 나 왜 사랑해?'

순간 놀랐다. 3살짜리 여자아이가 이런 질문을 할 수 있는 것인가? 그래서 꼭 안아 주며 말해 줬다. 사랑하는 데는 이유가 없다고. HL은 하나님이 아빠에게 주신 가장 귀한 선물이라고. 속으로 약간 울컥하는 기분을 오랜만에 느꼈다.

• • • •

세상을 살다 보면 우리는 남과 비교하며 자신의 못남에 열등감을 느낄 때가 있다. 그때마다 '난 괜찮다, 난 괜찮다'를 마음속으로 외치지만 그냥 그 순간을 넘기는 자기 최면

일 때도 있다. 그런데 결혼하고 아이가 생기면서 누군가에게 나도 사랑을 줄 수 있는 존재임을 깨닫는다.

사랑을 줄 수 있다는 것은 세상 어느 무엇보다도 대단한 일인 것 같다. 이런 대단한 일을 하는 사람은 열등감에서 벗어나 행복한 사람이 될 수 있다.

전에는 이런 말을 하면 뭔가 손발이 오글거렸지만 오늘만은 떳떳하게 써 보고 싶은 아름다운 밤이다. 이 날도 역시 둘째는 잠 안 잔다고 온갖 진상은 다 부리다가 지금은 고요히 천사처럼 자고 있다.

나는 지식보다 지혜가 좋다

햇빛 얼마예요?

- 누군가의 배려는 당연한 것이 아니다

하늘이 너무 화창하고 예쁘다. 아직까지 사람들이 공짜로 평등하게 누리고 있는 것이 햇빛인 것 같다. 맑은 하늘 아래 많은 사람들이 따뜻한 햇살을 만끽하며 거리를 걷고 있다.

옛날에는 물과 공기를 사 먹는다는 것은 생각도 안 해 봤을 텐데 물 사 먹은 지는 오래됐고, 이제는 공기도 사서 숨 쉬는 시대가 오는 것 같다. 가장 없어서는 안 될 물, 공기, 햇빛은 귀한 선물로 알고 공짜로 누리고 있었는데 얼마 안 있으면 햇빛도 사서 쐬야 되는 시대가 올지도 모르겠다.

● ● ● ●

사회생활을 하다 보면 당연한 걸로 여기고 받는 도움들이 많이 있다. 회사 택배 보관실에서 본인 택배 찾을 때 내 것까지 찾아 주는 동료, 나의 어려운 상황에 대한 시시콜콜한 애기를 묵묵히 들어주는 친구.

어떻게 보면 '회사 동료지간에, 친구지간에 당연히 해 줄 수 있는 거 아니야?' 하며 넘어갈 수 있지만 그건 당연한 것이 아니다. 그 사람의 배려이다. 그 배려를 당연시 여기고 살아가다 보면 언젠가는 사라지고 말 것이다. 배려뿐만이 아니라 그 사람까지.

내 주변 사람들의 배려를 소중히 여기고, 나 또한 배려할 줄 아는 사람이 되어야 되겠다.

너 나한테 뭐 맡겨놨니?

- 아낌없이 주는 나무

화창한 날씨의 오후, 딸과 함께 공원에 갔다. 졸려 하는 딸을 위해 집에서 낮잠을 재울 생각이었지만 자전거 타고 공원 가겠다며 울고 불고 떼쓰는 딸을 이길 수는 없었다.

아니나 다를까, 공원 가는 길에 자전거 위에서 졸았다 깼다를 반복했다. 머리를 이리저리 흔들며 조는 딸을 신기한 듯 쳐다보는 사람들. 결국 공원 입구에 있는 벤치까지 자전거를 끌고 가서 낮잠을 재웠다.

잠투정으로 온몸을 이리저리 흔들며 울던 딸은 어느샌가 내 품에서 고요히 잠들었다. 푹신한 내 배를 꼭 끌어안고 편안하게 잠든 딸을 보니 입가에 미소가 지어졌다. 대신 내 옷은 땀으로 흠뻑 젖어 있었다.

● ● ●

코로나로 인해 몇 달째 교회를 못 가고 있다. 아직 영유아

부가 오픈을 안 하여 덩달아 집에서 아이들과 온라인 예배를 드리고 있다. 그런데 너무 형식적으로 드리는 것 같아 마음이 찔릴 때가 많이 있다.

그리고 기도를 할 때도 하나님한테 어찌나 뭐 달라는 기도만 하는지. 꼭 내 딸이 나한테 막무가내로 뭐 해달라는 것과 똑같다. 나한테 뭐 맡겨 놓은 것마냥 너무도 당당하게 요구하며 떼를 쓰는 딸이 떠오른다.

자식은 부모를 닮는다는데 내가 기도하는 것을 들었는지 꼭 따라 하는 것 같다. 앞으로는 기도할 때 하나님께 사랑한다고 말해 보고 싶다. 내 딸의 그 한마디가 내 마음을 녹이듯이 하나님도 예쁘게 봐주셨으면 좋겠다.

나는 지식보다 지혜가 좋다

누가 나(무)를 잡아 주나!

- 각자의 내공을 쌓아라

공원 산책 코스에는 항상 내게 인사하는 신기한 나무가 있다. 거의 쓰러질 듯 기울어져 서 있는데 뭔가 안정적으로 보인다. 뿌리가 얼마나 깊이 박혀 있으면 저리도 굳건히 서 있나 생각된다.

'빙산의 일각'이라는 말이 어떤 문제점에 대해 더 커다란 무언가가 있다는 부정적인 견해라면, 반대로 저 나무는 땅 밑에 보이지 않는 탄탄한 무언가가 있다는 긍정적인 견해를 보인다. 눈으로 보이지는 않지만 우리는 알고 있다. 저 나무 밑에서 커다란 뿌리가 땅을 꽉 움켜잡고 있다는 것을.

● ● ● ●

우리도 살아가면서 어려운 상황에 처하는 경우가 있다. 그럴 때마다 그 상황을 극복할 내공이 우리 안에는 담겨 있다. 남들에게는 보이지 않지만, 또는 나 자신도 모르고 있었던 내공이 그 상황을 맞이하면서 진가를 발휘한다. 그리고 내공은 어려운 상황을 헤쳐나갈 때마다 점점 더 커진다. 나무를 견고히 잡고 있는 뿌리처럼.

　내공의 종류는 사람마다 다를 것이다. 평소에 관심 있어 하던 분야의 지식일 수 있고, 이 세상을 살아온 지혜일 수도 있다. 나에게 내공이란? 아마도 하나님을 의지하는 믿음일 것이다.

폭우가 내리치는 오후

- 미래를 준비하라

폭우가 내리치는 오후. 공원 매점에 앉아 비를 피했다. 그리고 창밖을 바라보며 비가 언제 잠잠해질지 상황을 살폈다.

시원한 에어컨 바람을 맞으며 평온한 가운데 듣는 빗소리는 음악 소리처럼 경쾌했다. 밖의 풍경 또한 언제 그랬냐는 듯이 평화로워 보였다. 하지만 방금 전 경험한 창문 밖은 폭풍 그 자체였다. 우산이 소용없을 정도로.

● ● ●

요즘 코로나 시대에 자영업 하시는 분들이 힘들다는 뉴스를 많이 접한다. 그래서 지금은 월급쟁이가 편하다는 말들도 많이 하신다. 자영업 하시는 분들도 대부분은 회사에서 월급쟁이로 시작하셨을 것이다. 그러다가 꿈을 위해, 또는 자의 반 타의 반으로 나와서 사업을 시작하셨을 것이다.

몇 년 전 인기 드라마에서 나온 대사가 생각난다. '회사

안이 정글이면 회사 밖은 지옥이야.' 요즘 상황이 그렇게 느껴진다. 그러다 보니 다들 회사에서 안간힘을 다해 버티려고 노력을 한다. 나 역시 마찬가지다.

폭우를 피해 매점으로 잠시 비를 피한 나는 멈추지 않는 비를 보며 결국 다시 폭우 속으로 돌진하였다. 한없이 비가 멈추기를 기다릴 수는 없었기 때문이다.

언젠가는 우리도 창업주 패밀리가 아닌 이상 회사를 나가야 한다. 그게 정년퇴임일지, 아니면 자의 반 타의 반일지는 모르지만. 그때를 위해 준비하는 사람만이 미래의 불안이라는 폭우를 뚫고 나갈 수 있을 것이다.

보조바퀴와 자전거 타기!

- 물러날 타이밍을 파악하라

우리집에 자전거 한 대가 이사 왔다. 어린이날 선물로 6살인 첫째 HJ의 자전거를 경기도 재난지원금으로 장만하게 된 것이다. 신나 하는 첫째 아이와 집 앞 공원에 가서 자전거를 탔다. 처음 타 보는 보조바퀴 달린 높은 자전거와 HJ는 한참 동안 씨름했다.

보조바퀴가 달려 있어 쉬워 보였지만 처음 타 보는 아이에게는 적응이 필요했던 것이다. 비틀대기도 하고, 코너 돌 때 넘어질 뻔하기도 하고, 브레이크를 급하게 밟아 앞으로 휘청이기도 했다. 이때 옆에서 잡아 주던 나에게 보조바퀴의 존재가 눈에 들어왔다.

보조바퀴 없이 처음부터 두 발 자전거를 타는 아이는 흔치 않을 것이다. 보조바퀴를 통해 넘어지지 않고 신나게 타며 자전거와 익숙해질 때면 점차 균형감각이 생겨 그때부터 보조바퀴를 떼고 두 바퀴로 타게 되는 것이다.

처음에는 절대 없어서는 안 될 중요한 역할이지만 시간이 지나면 무대에서 내려올 시기가 온다. 보조바퀴가 없으면 지면과의 마찰이 적어지면서 자전거는 더 빠르게 쌩~ 하고 달릴 수 있을 것이다.

우리는 살다 보면 물러날 시기를 알아야 한다. 만약 나이 먹어서도 보조바퀴를 달고 타면 친구들에게 놀림거리가 될 것이다. 처음에는 균형감각을 익히는 중요한 존재였지만 거기까지다. 보조바퀴의 역할이 끝나면 이제 뒷바퀴에게 바통을 넘겨 줄 차례인 것이다.

회사에서도 물러날 때를 알아야 된다는 말을 많이 한다. 나의 정해진 역할이 끝나면 그다음 사람이 잘할 수 있도록 해 줘야 되는데, 계속 간섭하며 버티고 있으면 그 프로젝트 는 잘 성사되기 힘들 것이다. 내려올 타이밍을 안다는 것. 힘들지만 소중한 결정이다.

에필로그

이 글들이 책으로 엮였다는 것이 나를 많이 설레이게 한다. 『나는 지식보다 지혜가 좋다』는 나의 두 번째 책이자 평소에 사람들과 나누고 싶었던 것에 대한 결과물이다.

어렸을 때 집 책장에 꽂혀 있던 『손자병법』을 자주 읽고는 하였다. 그 책의 주인공인 손무는 『삼국지』와 비교하자면 제갈공명과 같은 브레인이다. 그는 일상 속에서 펼쳐지는 상황들을 보며 깨달은 것을 글로 적어 병법서를 만들었다. 그때부터 내 마음속에도 일상에서 떠오르는 생각들을 글로 써 보고 싶다는 무언가가 싹텄던 것 같다.

처음에는 글만 적을까 생각하다가 뭔가 허전함을 느꼈다. 독자들에게 글만 가지고 내 마음을 전달하기보다는 나만의 독특한 시선으로 바라본 세상도 보여 주고 싶었다. 그래서 글과 함께 사진을 추가하게 되었다.

인터넷에 멋지고 예쁜 사진들이 많이 있지만 내가 바라보고 느낀 것을 그대로 전해 주고 싶었다. 잘 찍지는 못했지만 정성을 다해 찍은 나의 사진들을 통해 여러분들과 공감대를 형성하였다면 그것만으로도 큰 기쁨이라고 생각된다.

앞으로도 나는 계속 글을 써 나갈 것이다. 그게 에세이가 될지, 소설이 될지는 모르겠지만 평범하면서도 반복되는 일상을 통하여 나의 엉뚱한 상상력은 무럭무럭 자라날 것이라 믿는다. 그 풍성해진 스토리들을 여러분들과 또 다시 나눌 수 있는 기회가 오기를 기도해 본다.

나는 지식보다
지혜가 좋다

ⓒ 박세환, 2021

초판 1쇄 발행 2021년 6월 1일

지은이   박세환
펴낸이   이기봉
편집   좋은땅 편집팀
펴낸곳   도서출판 좋은땅
주소   서울 마포구 성지길 25 보광빌딩 2층
전화   02)374-8616~7
팩스   02)374-8614
이메일   gworldbook@naver.com
홈페이지   www.g-world.co.kr

ISBN   979-11-6649-803-9 (03810)